MW00915213

Herausgeber: April G. Dark, Schillerstraße 48, 67098 Bad Dürkheim

ISBN: 9798443534497

Imprint: Independently published

THE SHADES OF TEARS AND SILENCE

NOVEMBER'S DEATH 1

ALECTRA WHITE

VORWORT

Diese Geschichte wird dir wehtun. Sie wird dir das Herz zerreißen und dich an deine Grenzen bringen. Gut und Böse werden sich vermischen. Richtig und Falsch so untrennbar, dass du sie nicht mehr voneinander unterscheiden kannst. Aber das wirst du auch nicht müssen. Du musst dich nicht fragen, wieso es dir so leicht fällt, das Böse zu lieben.

Sei jedoch gewarnt: Die Geschichte von November und Dante wird nichts zurückhalten. Sie wird genauso hart und ehrlich sein, wie es das Leben manchmal ist.

Auf der nächsten Seite findest du eine Auflistung der Themen, die in dieser Reihe aufgegriffen werden. Falls du sie nicht benötigst, empfehle ich, sie zu überspringen, da sie dich spoilern wird.

INHALTSWARNUNG

ACHTUNG: SPOILER

Blut, Feuer, Folter, Tod/Mord, Suizid, Betäubungsmittelmissbrauch, Gewalt und Waffengewalt, Entführung, häusliche Gewalt, Gewalt gegen Frauen, Gewalt gegen Kinder, Sternenkinder, Hysterektomie, Selbstverletzung, sexueller Missbrauch, sexueller Missbrauch von Kindern im familiären Umfeld, Gewalt gegen Tiere, Tod von Tieren, Age gap, CNC, Cutting, Edging, Atemkontrolle, Blood play, Knife play.

DAS ‚OPPOSITES & DEATH'-UNIVERSUM

Dieses Buch ist Teil einer Reihe, die in sich abgeschlossen ist und eigenständig gelesen werden kann. Da es jedoch ein Crossover gibt, in dem die Charaktere dieser und einer weiteren Geschichte aufeinandertreffen, empfehle ich die folgende Lesereihenfolge:

Like Day and Night – The Opposites Duet 1
Like Thunder and Lightning – Bonusnovelle (*coming soon*)
Like Fire and Ice – The Opposites Duet 2

The Shades of Tears and Silence – November's Death 1*
The Blaze of Love and Violence – November's Death 2*
The Pain of Truth and Revenge – November's Death 3*

The Art of Hate and Insistence – Crossover

DAS ‚OPPOSITES & DEATH'-UNIVERSUM

*Dark Romance

Monsters and broken souls have one thing in common:
They were made, not born.

0.5

Ich spüre die Schläge nicht, und doch ist der Schmerz kaum auszuhalten. Jeder Hieb trifft nicht nur auf Haut, sondern vor allem auf meine Seele, so dass sie immer weiter zersplittert und mein kleines Herz sich daran schneidet. Es blutet und blutet, während ich mir wünsche, dass er innehält. Ich will schreien, betteln, ihn anflehen, damit er endlich aufhört. Stattdessen presse ich meine Lippen so fest aufeinander, dass sie ganz taub sind. Und doch erklingt mit jedem weiteren Schlag ein ohrenbetäubender Schrei, der das Blut noch schneller durch mein kaputtes Herz fließen lässt.

»Weinst du etwa?«, will er wissen und wirft mir dabei einen Blick zu, der von Hass, Abscheu und Wahnsinn verschleiert ist. »Du bist so eine Scheißmemme. Genau wie deine Mutter. Nur dass sie im Gegensatz zu dir allen Grund dazu hatte, du nichtsnutziger Krüppel.« Dann holt er wieder aus. Schlägt wieder zu. Lässt weitere Schmerzensschreie folgen, während ich reglos dastehe und von Hilflosigkeit zerrissen werde.

Ihm zu widersprechen, würde alles nur noch schlimmer machen.

Ihn aufzuhalten ebenso. Wie soll ich ihn auch aufhalten? Ich bin ein Kind. Ich bin gerade mal zwölf Jahre alt und habe weder die Kraft noch den Mut, mich ihm entgegenzustellen. Also schweige ich und frage mich zugleich, wie lange man so viel Leid ertragen kann, bevor man zerbricht.

EINS
DANTE

Der Geruch von Blut liegt in der Luft und vermischt sich mit dem leicht modrigen Gestank des Kellers. Ich muss dringend herausfinden, was das Problem ist, denn eigentlich sollten die Wände so trocken sein wie die Sahara. Dass das Mauerwerk offensichtlich feucht ist, kotzt mich gelinde gesagt an. Ich habe Unsummen ausgegeben, um dieses Haus umzubauen, und eine der Auflagen war, dass das Untergeschoss trockengelegt und gut belüftet sein soll. Sobald ich die Ursache für das widerwärtige Klima hier unten gefunden habe, werde ich in Erfahrung bringen, wer dafür verantwortlich ist, und ihn dafür bezahlen lassen, dass er seine Arbeit nicht so gemacht hat, wie er es sollte.

»Er wird verbluten.«

Ich lasse das Tuch fallen, mit dem ich das Skalpell abgewischt habe, und sehe über meine Schulter zu dem Mann, der auf dem Tisch liegt. Ein kurzer Blick reicht, um zu erkennen, dass ich noch Zeit habe, also lege ich das Skalpell zu den anderen Werkzeugen und überlege, was ich als Nächstes tun werde. »Gut«, sage ich dabei zu Robin, der in der Tür steht. »Das war schließlich der Plan.« Dann greife ich nach der Bohrmaschine und drehe mich um.

»Du bist wirklich krank.«

Ich sehe zu ihm und hebe eine Augenbraue. »Tu nicht so, als wäre das was Neues für dich.«

Robin versucht, sich nichts anmerken zu lassen, aber er wirkt etwas grün um die Nase. Wenn er länger bleibt, wird er mir wieder alles vollkotzen, weswegen ich mich zwar an den Tisch stelle, aber nicht weitermache.

Als unser Gast etwas Undeutliches daherbrabbelt, trete ich gegen eines der Tischbeine, damit er den Mund hält. Es folgt ein Wimmern, doch er scheint die Warnung zu verstehen, wobei es mich wirklich erstaunt, dass er überhaupt noch dazu in der Lage ist, *irgendwas* zu registrieren.

»Was willst du?«, frage ich Robin, der mit einer Mischung aus Ekel und Widerwillen zum Tisch sieht, bevor er sich wieder mir zuwendet.

»Er hat einen Hund.«

Meine Finger legen sich fester um den Griff des Akku-schraubers, während sich meine Kiefer wie von selbst verkrampfen. Es schmerzt nicht, dennoch spüre ich, wie sich die scharfe Kante einer abgesplitterten Ecke am Handstück der Maschine in meine Haut bohrt, während mein Blick zu dem Mann gleitet, der nur noch aus Blut und heraushängenden Gedärmen besteht. Vermutlich weiß er nicht mal mehr seinen Namen, weil sein Gehirn in Endorphinen schwimmt, damit er die Schmerzen irgendwie erträgt.

Es ist schon verrückt, wozu der Organismus in der Lage ist. Wie er in diesem Gebilde aus Hirnmasse Botenstoffe produziert, die einen mit einem zertrümmerten Bein laufen oder es zur Nebensächlichkeit werden lassen, dass man sich selbst skalpiert hat. Schutzmechanismen, die das Überleben sichern und so gut funktionieren, dass sie mir an Tagen wie diesem die Arbeit erschweren.

»Wo ist er jetzt?«

Robin verlagert sein Gewicht und kratzt sich am Nacken, wobei sein Blick kurz zu dem Mann fliegt, bevor er mich wieder ansieht. »Bei Amanda. Sie checkt ihn gerade durch. Er ist etwas dünn, aber das kriegen wir wieder hin.«

»Wie dünn?«

Ich merke, wie ein Blutstropfen an meinem Finger nach unten fließt. Er wird jeden Moment auf den Betonboden fallen und sich in dem Meer aus Blut verlieren, das ich bereits vergossen habe und gleich noch viel größer wird.

»Es ist nicht so –«

Ein Knurren dringt aus meiner Kehle, weil sich der altbekannte Schmerz durch mein Herz windet und es sich zusammenzieht. »*Wie dünn*, Robin!«

Er unterbricht den Blickkontakt zu mir und strafft die Schultern. »Knapp zehn Kilo zu wenig. Es ist ein Deutscher Schäferhund.«

Als er mir wieder in die Augen sieht, erkenne ich darin, dass er genau weiß, was seine Worte in mir auslösen. Er kennt die Gründe dafür nicht, doch das muss er auch nicht. Niemand muss das. Es geht keinen etwas an, weswegen ich all diese Dinge mache.

»Er ist reinrassig«, fügt Robin an, als ich nichts erwidere.

Natürlich ist er das. Das sind sie immer. Menschlicher Abschaum wie der, der gerade auf meinem Tisch liegt, gibt sich nicht mit vermeintlich Minderwertigem zufrieden. Selbst wenn das bedeutet, dass das eigene Haustier eine Qualzucht ist und wie in diesem Fall vermutlich unter einer Hüftdysplasie leidet. Das Tier könnte Schmerzen haben, die nicht heilbar sind und nur symptomatisch behandelt werden können, weswegen ich mir eine gedankliche Notiz mache, um mich später darüber zu informieren, welche Medikamente wir brauchen.

Ohne ein weiteres Wort nicke ich, während sich in mir eine tödliche Stille ausbreitet, und gehe zurück zu meinen Werkzeugen. Als ich die Bohrmaschine ablege und stattdessen zu einem kleinen Fläschchen und einer Spritze greife, höre ich, wie Robin sich abwendet und verschwindet. Ich kann es ihm nicht verübeln. Er weiß, dass seine Worte etwas in mir freigesetzt haben, das ich nun an jemandem auslassen muss. Da er meine Wut und die damit einhergehende Skrupellosigkeit jedoch nur schwer erträgt, ist es so besser für ihn.

Mit einer Ruhe, die sich über Jahre hinweg entwickelt, wenn man tut, was ich tue, ziehe ich den Inhalt des Fläschchens in die Spritze, bevor ich wieder nach dem Akkuschrauber greife und mich zum Tisch umdrehe. »Weißt du, Bob … Du heißt doch Bob. Oder Rob? Todd?«

Ich weiß ganz genau, wie er heißt. Ich kenne die Namen seiner Frau und der zwei gemeinsamen Kinder. Ebenso wie die jedes Menschen, den er bestohlen und verletzt hat. Aber das hier – so zu tun, als wäre er so wertlos, dass ich mir nicht mal seinen Namen merke – ist Teil der Folter.

Er holt röchelnd Luft und versucht zu husten, wobei er Blut auf sein Gesicht regnen lässt, als ich auf ihn zu schlendere.

»Wie auch immer. Bob klingt gut«, sage ich und wedle dabei mit der Bohrmaschine in der Luft herum, damit er sehen kann, was ihn erwartet. »Es ist nicht meine Aufgabe, über dich zu urteilen. Nicht, dass ich es mit Regeln so genau nehmen würde … Aber ich respektiere sie. In deinem Fall werde ich sie jedoch ganz bewusst brechen.«

Bob-Rob-Todd kämpft mit seinen zugeschwollenen Augenlidern und gibt ein erneutes Wimmern von sich, sobald er mich erfasst. Er macht einen weiteren Versuch, sich zu befreien. Dabei scheint er vergessen zu haben, dass ich ihn nicht nur fixiert, sondern ihm auch beide Arme und Beine gebrochen habe. Selbst wenn kein Stacheldraht um seine Hand- und Fußgelenke liegen würde, käme er also nicht weit.

Der Schmerz, den seine Bewegungen auslösen, lässt ihn die Augen zusammenkneifen, soweit das noch möglich ist. Wenn er so weitermacht, verliert er jeden Moment das Bewusstsein, aber diesen Gefallen werde ich ihm nicht tun.

Ich lege die Bohrmaschine auf seiner Brust ab und halte ihn mit der Hand ruhig, während ich die Spritze über seinem Herzen in Position bringe. »Schön bei mir bleiben, Bob. Wir sind hier noch nicht fertig.« In aller Ruhe versenke ich die Nadel in seinem Brustkorb. »Nur ein bisschen Adrenalin. Ich muss dir noch etwas erklären, bevor ich dein Leben beende«, murmle ich, während ich den Inhalt der Spritze in seinen Körper injiziere.

Die Wirkung wird nicht lange anhalten, aber es wird reichen, um ihm klarzumachen, was ich von dem halte, was Robin mir soeben mitgeteilt hat. Zudem genügt es mir nicht mehr, ihn einfach nur verbluten zu lassen.

Ich werfe die Spritze auf den Tisch zu meinen anderen Spielzeugen und greife erneut nach der Bohrmaschine, um sie ein paarmal aufheulen zu lassen, während ich den Mann umkreise und mir überlege, wo ich zuerst ansetzen soll.

»Es ist eine Sache, Menschen um ihr hartverdientes Geld zu bringen. Ebenso, wie sie zu verletzen. Ich verstehe, wieso du das getan hast. Das tue ich wirklich, Bob. Du bist eine arme Seele, die keine Freude in den guten Dingen des Lebens findet und nach Geld und Macht giert.« Ich bleibe neben dem

Becken des Mannes stehen, wobei ich in sein Gesicht sehe und meine Stimme senke. »Aber es ist eine ganz andere Sache, wenn man ein Tier quält. Und das ist etwas, das ich ganz und gar nicht ausstehen kann.«

Er windet sich erneut, was die Gedärme in seiner offenen Bauchhöhle umherschlackern lässt, woraufhin ich seinen Oberschenkel packe, um ihn festzuhalten, da ich dieses Gewackel nicht leiden kann.

»Also merk dir die folgenden Worte, Bob, auch wenn sie dir dort, wo du gleich hingehst, nicht helfen werden.«

Ich setze den Bohrer an seinem Knie an und überprüfe nochmals die Einstellung der Maschine, bevor ich weiterspreche, wobei ich meine Abscheu in jede Silbe lege.

»Du bist erbärmlich. Deine Lichter auszupusten, wird mir eine Freude sein. Und du solltest darauf hoffen, dass ich ein sehr langes und sehr glückliches Leben habe. Denn sobald wir uns in der Hölle wiedersehen, mache ich da weiter, wo wir heute aufhören.«

Ich sehe ihm in die erneut geweiteten Augen, als ich den Knopf betätige und der Bohrer sich durch die Haut und in seine Kniescheibe frisst.

»Wach bleiben, Bobby«, befehle ich über das Brüllen der Maschine und seine Schreie hinweg. »Wir haben noch ein zweites Bein und zehn Finger vor uns, bevor du gehen darfst.«

Meine Auftraggeber glauben, ich hätte Spaß daran, anderen wehzutun, sie zu foltern und für ihre Sünden zu bestrafen. Doch das stimmt nicht. Obwohl ich ihren Schmerz nicht verstehe, verursache ich ihn nicht leichtfertig. Aber es ist nun mal mein Job. Ich bin gut darin, und wenn der Auftrag es erfordert, lasse ich sie leiden.

Sobald ich jedoch erfahre, dass ich einen Tierquäler vor

mir habe, erlöscht jeder Funke Menschlichkeit in mir, bis ich nur noch aus glühendem Zorn bestehe. Und ich vergesse keine einzige dieser Seelen. Ich merke mir ihre Namen und Gesichter. Merke mir ihre Stimmen und wie sie riechen, damit ich sie in der Hölle aufspüren und für das, was sie getan haben, weiterleiden lassen kann. Weil es nichts gibt, das Gewalt gegen ein wehrloses, unschuldiges Geschöpf Gottes entschuldigt. Erst recht nicht, wenn es aus purer Boshaftigkeit geschieht.

»Falls du also immer noch wissen willst, wer ich bin …« Ich setze die Bohrmaschine an seinem anderen Bein an, da seine linke Kniescheibe inzwischen aussieht wie ein Schweizer Käse. »Ich bin dein schlimmster Albtraum. Und ich werde dich überall finden, das verspreche ich dir.«

ZWEI
DANTE

Das Villenviertel der Reichen und Schönen erstreckt sich glitzernd unter dem Hügel, auf dem ich mich positioniert habe, während ich das Zweibein meiner McMillan ausklappe und das Zielfernrohr überprüfe.

Meine Gefühle für das Scharfschützengewehr sind zwiegespalten. Es ist eine tadellose Distanzwaffe, mit der Rekorde aufgestellt wurden, bei denen über Entfernungen von über zwei Meilen Zielpersonen getötet wurden. Ihre Präzision sucht also ihresgleichen. Dennoch widerstrebt es mir, meine Aufträge auf diese Art auszuführen. Es ist feige und respektlos, seinen Opfern nicht in die Augen zu sehen, während man sie tötet. Und ich bin weder das eine noch das andere.

Doch der Auftraggeber hat ausdrücklich gefordert, dass ich es auf diese Weise tue. Dass ich mich nicht mehr als eine Meile an das Haus heranwage, da die Sicherheitsvorkehrungen in dem Viertel nicht zu unterschätzen seien und er um seinen Ruf bange, falls man mich schnappen würde. Normalerweise hätte ich ihm klargemacht, dass ich der Beste bin und somit nicht erwischt werde, aber er zahlte hunderttausend Dollar mehr, als der Mord gekostet hätte, damit ich keine Fragen stelle oder gar ablehne.

Schon da hätte mir klar sein müssen, dass ich die Finger von diesem Auftrag lassen sollte.

Es ist nicht unüblich, dass ich meine Mordaufträge über Mittelsmänner erhalte. Meine Kunden sind nicht selten einflussreiche Persönlichkeiten, weswegen sie es sich nicht leisten können, direkt mit mir in Kontakt zu treten. Selbstverständlich weiß ich dennoch meist, wer dahintersteckt. Entweder, weil es klar kommuniziert wird, oder weil die Leute reden. Manchmal ist es sogar recht offensichtlich, weshalb eine ganze Kette an Mittelsmännern zwischen uns steht, damit keine direkte Verbindung besteht.

Wenn die Bevölkerung wüsste, wie viele Morde allein auf das Konto des aktuellen Präsidenten gehen, würde das Weiße Haus in Schutt und Asche liegen, bevor ich auch nur einmal in die Hände geklatscht hätte.

Aber dieser Auftrag ist mehr als undurchsichtig. Keine Namen. Kein Geldtransfer, sondern eine Barzahlung. Keine Informationen darüber, wieso die Zielperson sterben soll. Ich weiß lediglich, dass es sich um eine Frau handelt und sie in dieser Nacht die Einzige sein soll, die sich in dem Haus aufhält.

Obwohl diese Unwissenheit mir nicht schmeckt, entferne ich die Verschlusskappe vom Zielfernrohr und peile das Haus an. Der große Glaskasten ist wie dafür gemacht, jemanden darin zu erschießen. Man sollte meinen, dass die High Society ihre Privatsphäre schützt, doch die Bewohner dieser Villa leben geradezu auf dem Silbertablett. Vor allem in der Nacht ist es, als würde man die *Truman-Show* schauen, und so finde ich das Opfer binnen weniger Sekunden in einem der Schlafzimmer.

Die Menschen, die ich töte, sind alle auf die ein oder andere Weise Sünder. Sie stehlen, betrügen, verletzen oder morden. Sie sind skrupellos – wenn auch nicht so skrupellos wie ich – und verdienen, was ich ihnen antue. Aber die junge Frau, auf die ich nun blicke … Sie ist, was man die Unschuld in Person nennt. Ohne Sünde. Unverdorben. Rein. Es ist ihr auf den ersten Blick anzusehen. Nichts an ihr stinkt nach Verrat, Hass oder Intrigen. Es klebt kein Blut an ihren Händen, und ich bezweifle, dass je ein böser Gedanke durch diesen Kopf gegangen ist, der sich leicht neigt, während sie eine Rasierklinge in der Hand hält und sie näher an ihr Gesicht bringt, um sie eingehender zu betrachten.

Wieso soll sie sterben? Wer ist sie und wer will ihren Tod?

Ich starre sie an, während mein Finger immer wieder zuckt und mir die Fragen nicht aus dem Kopf gehen, ich zugleich aber auch viel zu gebannt bin, um den Blick abzuwenden. Sie nagt an ihrer Unterlippe und muss sich einen Hautfetzen abgerissen haben, da ein Tropfen Blut auf ihrer Lippe erscheint. Gedankenverloren leckt sie ihn ab und dreht dann den Kopf ein wenig. Erst verstehe ich nicht, was sie tut, bis ich das Zielfernrohr neige und wieder ihre Hände anvisiere.

»Verdammte Scheiße«, murmle ich, während ich ihren Bewegungen folge. Keine Ahnung, wieso mir das nicht eher klar wurde, aber jetzt trifft mich die Erkenntnis wie ein Hammerschlag.

Meine Zielperson ist kurz davor, sich die Pulsadern aufzuschneiden.

Ich sehe zurück in ihr Gesicht, und als sie den Kopf hebt und dabei geradewegs zu mir zu schauen scheint, verschiebt sich etwas in mir, als hätte man eine Kontinentalplatte in meinem Inneren bewegt.

Der Tod wertet nicht. Er bevorzugt nicht und stellt keine Fragen. Er unterscheidet nicht zwischen Gut und Böse und ist ein verlässlicher Partner. *Ich* bin der Tod, und ich hole mir jeden, der es verdient, zu sterben.

Aber sie … Sie bringt alles durcheinander. Sie zwingt den Tod in die Knie, indem sie ihn herbeisehnt, und mir wird klar, dass ich den Abzug nicht drücken kann.

Etwas in mir wehrt sich dagegen, diese Frau zu ermorden. Schlimmer noch: Eine Stimme in meinem Kopf schreit danach, sie aufzuhalten. Sie zu stoppen, damit sie sich nicht umbringt. Sie zu retten.

Die Gedanken lösen eine Stille in mir aus, die mir Schwindel verursacht. Nichts von dem, was gerade in mir vorgeht, ist mir vertraut. Zumindest nicht so; nicht in dieser Intensität. Ich zeige keine Schwäche. Mache keinen Rückzieher. Wer den Tod verdient, wird von mir getötet. Aber sie verdient ihn nicht, und diese neue Stille macht mir Angst, weswegen ich wieder durch das Zielfernrohr sehe, um mich abzulenken.

Sie schneidet. Mit der Rasierklinge schneidet sie sich ihren Unterarm auf, und das Blut beginnt bereits zu fließen. Ein erneuter Blick in ihr Gesicht bringt mich nur noch mehr durcheinander. Absolut unbeteiligt sieht sie auf ihren Arm und betrachtet das Rot, das über die schneeweiße Haut läuft.

Warum tut sie das? Wieso will sie sterben?

Ich kann sie das nicht tun lassen. Kann nicht zulassen, dass sie sich selbst ermordet, also stehe ich ruckartig auf und packe das Gewehr ein.

Mir bleibt nicht viel Zeit, da ich sie jetzt nicht mehr beobachten kann und somit nicht weiß, was sie als Nächstes tut. Es wird zwei Minuten dauern, bis ich von dem Hügel runter und in ihre Straße gefahren bin. Drei weitere, um die Sicherheitskameras zu finden, sie gegebenenfalls auszuschalten und den Wagen nah genug an das Haus zu bringen. Und noch mal zwei Minuten, bis ich drin und bei ihr bin.

Sieben Minuten.

In sieben Minuten werde ich entscheiden müssen, was ich tun soll, und mich danach der Frage stellen, wieso da diese Stille ist und warum sie mir verdammt noch mal solche Angst macht.

Es ist totenstill in dem Haus. Nur das leise Summen der Elektrogeräte ist zu hören. Ich weiß nicht, was ich erwartet habe – vielleicht traurige Musik oder das Weinen der Frau –, doch es ist nicht diese Stille, die mich empfängt, als ich die Stufen nach oben steige. Der zentimeterdicke Teppich schluckt meine Schritte und lässt mich lautlos durch den Flur gehen, der mich letztendlich zu dem Zimmer führt, in dem ich sie gesehen habe. Die Tür ist nur angelehnt, also stoße ich sie auf, wobei ich das viel zu schnelle Klopfen meines Herzens ignoriere.

Ich bekomme nie Herzrasen bei einem Auftrag. *Niemals.*

Sie sitzt noch immer so da wie vor sieben Minuten. Ihre schmalen Schultern heben und senken sich bei jedem ihrer Atemzüge, und ich nehme erst jetzt wahr, dass ihre Beine nackt sind. Sie trägt nur ein Shirt und einen Slip, und ihre bloßen Knie sind neben ihrem Körper zu erkennen, während sie noch immer völlig bewegungslos auf ihren Arm starrt.

Für den Bruchteil einer Sekunde ziehe ich in Betracht, dass es eine Falle sein könnte. Dass die Frau vor mir gar nicht lebendig ist, sondern nur eine verdammt echt wirkende

Puppe, die mich in dieses Haus locken sollte, damit mich einer meiner Feinde zur Strecke bringen kann. Doch ich verwerfe den Gedanken genauso schnell, wie er aufgekommen ist, als ich einen weiteren Schritt auf sie zu mache und das Blut rieche.

Ich bleibe am Bett stehen, auf dem sie sitzt, und weiß zum ersten Mal nicht, was ich tun soll. Fünfzehn Jahre voller Morde, und ich wusste bei jedem einzelnen, was mein nächster Schritt ist. Trotzdem stehe ich mit leergefegtem Kopf hier und beobachte über ihre Schulter hinweg, wie das Blut in einem dünnen Rinnsal ihren Arm hinabläuft und sich in ihrer Handfläche sammelt.

Als sie sich bewegt und die Rasierklinge das Licht der Lampe reflektiert, die in der Ecke des Raumes steht, schaffe ich es endlich, mich aus meiner Starre zu lösen.

»Man muss längs schneiden«, bringe ich mit einem seltsamen Kratzen im Hals hervor. »Sonst funktioniert es nicht.«

Sie hält in der Bewegung inne, und ich kann sehen, wie sie nach Luft schnappt, doch mehr geschieht nicht. Kein Schrei; kein Herumwirbeln, um zu sehen, wer da spricht; kein Versuch, zu fliehen.

Wer bist du und was ist mit dir passiert?

Wie ferngesteuert umrunde ich das Bett, bis ich neben ihr stehe. Ihre langen Wimpern werfen Schatten auf die zarten Wangen, und etwas in mir will sie anschreien und fragen, wieso sie nicht zu mir aufsieht. Ich will in ihre Augen schauen. Will wissen, welche Farbe sie haben und was in ihnen steht, weil ich das durch das Zielfernrohr nicht erkennen konnte. Ich muss wissen, wieso sie sich das Leben nehmen will und nicht davonläuft. Warum sie den Tod neben sich stehen lässt, ohne ihm ins Gesicht zu blicken.

Meine Hände ballen sich zu Fäusten, weil der Drang, ihr

Kinn zu packen, mit einem Mal so stark wird, dass ich davor erschrecke.

Es vergehen Minuten, in denen sie noch immer auf ihren Arm starrt und ich sie anschaue, bis sie endlich den Kopf hebt. Mit einem Blinzeln sieht sie zu mir auf, und als ihre Lider sich heben und ich in graublaue Iriden blicke, breitet sich eine Panik in mir aus, die mir bisher unbekannt war.

Alles in mir will, dass sie lebt.

Ich kann es nicht erklären oder auch nur begreifen, doch in diesen wolkenblauen Augen steht das Leid der Welt, gepaart mit einer Trauer, die mir beinah den Boden unter den Füßen wegreißt. Zugleich sind sie wie tot. Als hätte jemand jegliches Leben aus ihr herausgesaugt. Da ist kein Funken Überlebenswille. Kein Rest Hoffnung. Nicht einmal Verzweiflung oder Hilflosigkeit.

Wir starren uns an, während ich alles infrage stelle, was ich je gedacht oder getan habe. Nie zuvor habe ich diesen Ausdruck im Gesicht eines Menschen gesehen. Ich kenne Angst und Resignation. Kenne den Schrei nach Gnade und den Wunsch nach Erbarmen. Sogar das Flehen nach Erlösung ist mir bekannt. Aber in ihren Augen steht nur ein Wunsch: sterben.

Ich fühle mich machtlos und leer, bin ratlos und gerate an den Rand des Wahnsinns, während ich in ihren Iriden nach etwas suche, das mir zeigt, dass sie leben will, doch da ist nichts. Da ist absolut *nichts*, und mit einem Mal werde ich wütend. Werde rasend, weil sie nicht leben will. Weil sie der erste Mensch auf diesem gottverdammten Planeten ist, den ich nicht töten kann und der zugleich sterben will.

Meine Wut wächst zu etwas, das mir die Luft zum Atmen nehmen will, als sie den Blickkontakt zu mir unterbricht, wieder nach unten sieht und die Rasierklinge erneut ansetzt. Diesmal jedoch so, wie ich es ihr gesagt habe.

Kein einziger Laut kommt über ihre Lippen, während sie das harte Metall durch ihre Haut gleiten lässt und dabei so tief in ihr Fleisch schneidet, dass ich befürchte, gleich ihre Knochen sehen zu können.

Galle steigt mir die Kehle hoch.

Der Schock darüber lässt mich beinah zurückweichen, doch sie legt die Klinge in die linke Hand und will den Schnitt an ihrem anderen Unterarm spiegeln. Seelenruhig, als würde kein Auftragskiller neben ihr stehen, während sie sich umbringt, dreht sie die Rasierklinge in ihren Fingern und setzt an, als wäre es das Normalste der Welt. Ich kann erkennen, dass es das nicht ist, denn die Haut an ihren Armen ist makellos. Da sind keine Narben, die darauf hindeuten, dass sie sich in der Vergangenheit selbst verletzt hat. Auch an ihren nackten Schenkeln erkenne ich keine Male.

Jetzt, Dante. Du musst jetzt handeln, sonst stirbt sie.

Ich greife in die Tasche meiner Anzugjacke und hole das Anästhetikum heraus. Zeitgleich beuge ich mich vor, um ihr die Klinge abzunehmen und sie einzustecken, während ich die Kappe der Spritze mit den Zähnen abziehe und die Nadel in dem viel zu schlanken Hals versenke.

Sie gibt keinen Ton von sich. Ein leichtes Zusammenzucken ist das einzige Anzeichen dafür, dass sie wahrnimmt, was gerade geschieht, und während sie in sich zusammensackt und ich einen Arm um ihren Oberkörper lege, frage ich mich, ob sie überhaupt bei Sinnen ist. Ob sie gesund ist und klar in ihren Gedanken, da sie völlig anders reagiert, als es ein Mensch eigentlich tun sollte. Weil sie wie eine lebende Tote wirkt.

Das Blut fließt mit jedem ihrer Herzschläge aus den

dünnen Armen, die nun schlaff in ihrem Schoß liegen. Ich halte ihren Körper mit einer Hand fest und stecke die Kappe zurück auf die Nadel, wobei ich den Blick auf ihre zarten Gesichtszüge lenke. Nachdem ich die Spritze eingesteckt habe, zwinge ich mich dazu, wieder nach unten zu schauen.

Fuck. Sie hat ganze Arbeit geleistet, während ich tatenlos daneben stand und zugesehen habe. Der Schnitt an ihrem linken Unterarm ist beinah zehn Zentimeter lang und so tief, als hätte sie die Klinge in ihrem Arm verstecken wollen. Sie hat nur noch wenige Minuten, wenn ich die Blutung nicht stoppe, also lege ich ihren Oberkörper vorsichtig auf dem Bett ab und greife nach dem Laken, um ein Stück davon abzureißen und einen Druckverband anzulegen.

Es fühlt sich surreal an, eine Wunde zu verbinden, doch es ist, als würde eine höhere Macht mich leiten und mir unentwegt zurufen, dass ich diese Frau nicht sterben lassen darf.

Anschließend nehme ich das übrige Laken von der Matratze und lege es um ihren Körper, bevor ich sie hochhebe. Ihr Kopf sackt gegen meine Schulter, und ich halte für einen weiteren Moment inne, um erneut in ihr Gesicht zu sehen. Sie hat ein paar winzige Sommersprossen, die sich auf ihrer Nase und den Augenlidern verteilen. Die beinah weißen Haare sind glatt und liegen über meinem Arm. Sie sind blondiert, und ich frage mich, ob ich jemals jemanden mit so hellem Haar gesehen habe.

Sie wirkt wie ein Fabelwesen aus einer anderen Welt. Eine kleine Fee, die nicht hierhergehört und es nicht ertragen hat, auch nur einen Moment länger weiterzuleben, weil diese Realität sie innerlich umgebracht hat. Dabei hat sie den Tod bezwungen, als sie mich angesehen hat, denn da ist nur noch ein Gedanke in mir, als ich mich endlich bewege und sie aus dem Zimmer trage: Wenn sie sich nicht umbringt und ich es auch nicht tue, wird es ein anderer tun, weil irgendjemand will, dass sie stirbt. Und das kann ich nicht zulassen.

Während der Fahrt wurde ich wieder Herr über meine Gedanken, weil ich sie nicht ansehen konnte. Ich musste mich auf die Straße konzentrieren, sonst hätte ich einen Unfall riskiert, der wiederum ihren Tod hätte bedeuten können.

Doch jetzt fahre ich nicht mehr, also starre ich ihren Körper an, der in meinem Bett liegt, weil ich sie sonst nirgendwo hinbringen könnte. Ein Gästezimmer gibt es nicht, da ich keine Besucher empfange, und sie im Keller unterzubringen, geht gegen alles, was ich denke und bin. Sie kann nicht in dem Raum sein, in dem es nach Blut, Angst und Tod riecht; in dem ich mehr Menschen umgebracht habe, als ich zählen kann. Sie muss leben, also bleibt nur mein Zimmer, auch wenn es das Verrückteste ist, was ich jemals getan habe.

Ihr Name ist November. Nachdem ich sie hergebracht habe, nahm ich mir die dreißig Sekunden, die es dauerte, das herauszufinden, da der Auftrag selbst nichts hergab. Sie ist die Tochter des Senatorenkandidats, neunzehn Jahre alt und gilt als das Juwel ihrer Eltern, die sie akribisch vor der Presse und allem anderen verbergen.

Ich denke nicht darüber nach, wie beschissen es ist, dass ich mal wieder mit Regierungsfamilien zu tun habe. Stattdessen stehe ich wie ein Narr in der offenen Tür meines Zimmers und überlege, was ich nun mit ihr machen soll.

»Wie lief –« Robin stockt, als er hinter mir stehen bleibt, an mir vorbei sieht und hörbar Luft holt. »Sag mir bitte, dass das eine Nutte ist, die nur zufällig auf die Beschreibung passt.«

Ich mahle mit den Kiefern, erwidere aber nichts. Er weiß ganz genau, dass ich keine Nutten vögle.

»Fuck, Dante …«

Er sagt es. *Fuck, Dante.* Was habe ich mir nur dabei gedacht? Mein Job ist es, Menschen verschwinden zu lassen. Nicht, sie wie ein Geschenk einzupacken und in meinem Bett abzulegen, damit sie ihren Narkoserausch ausschlafen können, während ich ihnen dabei zusehe.

»Wie geht es dem Hund?«, will ich wissen, während wir die junge Frau betrachten und ich meine Arme vor der Brust verschränke, damit Robin das Zittern meiner Hände nicht bemerkt.

Er räuspert sich, bevor er antwortet. »Gut. Er frisst und scheint gesund zu sein, wenn man von seinem Untergewicht absieht.«

»Hüftdysplasie?«, frage ich weiter, wobei meine Stimme tonlos klingt.

»Erstaunlicherweise nicht. Er hat Glück gehabt, wie es scheint.«

Erleichterung macht sich in mir breit, auch wenn sie nur kurz anhält. Zu wissen, dass der Rüde zumindest von dieser rassetypischen Krankheit verschont wurde, ist ein schwacher Trost, da sich meine Wut über seinen ehemaligen Besitzer wie ein Brandmal in mir festgesetzt hat. Doch auch dafür habe ich jetzt keine Zeit. Ich muss eine Lösung für das Problem finden, auf das wir beide blicken. Muss erfahren, wer sie tot sehen will und warum. Und wieso sie selbst offenbar keinen Überlebenswillen hat. Denn erst, wenn ich all das herausgefunden habe, kann ich versuchen, sie zu retten, obwohl ich noch immer nicht weiß, wieso das gerade alles ist, woran ich denken kann.

DREI
NOVEMBER

Es ist so still. Zu Hause ist es nie so still. Dort laufen immer Leute umher, putzen, räumen um, arbeiten, schreien sich an. Ich kann anhand der Schritte genau erkennen, wo sich alle aufhalten. Nicht einmal die dicken Flokatiteppiche verbergen ihre Bewegungen vor mir. Vierzehn Jahre lang habe ich jeden einzelnen Schritt, der in diesem Haus gemacht wurde, mit den Ohren verfolgt, um jederzeit genau zu wissen, wer sich meinem Zimmer nähert.

Doch hier herrscht Stille.

Das Bett, auf dem ich liege, ist etwas härter als meins. In meiner Matratze hat sich über die Zeit eine Kuhle geformt, aber diese hier fühlt sich beinah wie neu an. Auch das Bettzeug riecht anders. Es wurde mit einem anderen Waschmittel gewaschen, dessen Duft sich mit etwas Herbem, Maskulinem vermischt. Der Stoff kratzt auch nicht an meiner Wange, als ich den Kopf ganz leicht auf dem Kissen bewege, obwohl sonst selbst die weichste Bettwäsche auf meiner Haut reibt und sie aufscheuert, ganz egal, wie neu und sanft sie auch ist. Sie kratzen alle. Aber hier nicht.

Die Luft ist kälter und klarer und trägt einen Geruch in sich, den ich nicht zuordnen kann. Nichts daran erscheint mir vertraut und verstärkt die Gewissheit darüber, dass ich nicht zu Hause bin.

Doch das wusste ich bereits, als ich wach wurde.

Ich erinnere mich an alles. Daran, wie ich auf meinem Bett saß und es endlich, *endlich* tun wollte. Wie ich die Gelegenheit nutzte, dass niemand da war, der mich unterbrechen und aufhalten konnte. Ich war allein, und die Ruhe, die sich im Haus und in mir ausbreitete, weil dies meine letzte Nacht sein würde, war so wunderschön …

Bis sie von dieser Stimme durchschnitten wurde. Sie war kratzig und rau und zugleich weich und fließend. Ihr zu lauschen war, als würde man in eine warme Wanne steigen. Ich musste ein Stöhnen unterdrücken, weil sie so schön war. Und weil sie mir Angst machte. Sie versetzte mich so in Panik, dass ich es erst nicht wagte, aufzusehen. Ich wollte nicht wissen, wie das Gesicht des Mannes aussieht. Wollte nicht erfahren, zu wem diese Stimme gehört, die mein Herz schneller schlagen ließ.

Sie machte mir Angst, weil sie mir *keine* Angst machte.

Es war die erste Stimme in meinem Leben, die nicht mit Hass, Abscheu, Ungeduld, Ekel oder etwas anderem Negativen getränkt gewesen ist. Es war die erste Stimme, die mir keine eiskalten Schauder über den Rücken laufen ließ. Die meine Muskeln nicht verkrampfen ließ, weil sie mich zum Flüchten bringen wollten. Es war die erste Stimme, die mir keine Übelkeit verursachte, und das machte mir eine Scheißangst, weil ich doch endlich sterben wollte.

Mein Leben sollte enden, doch dann tauchte plötzlich

diese Stimme auf, die zu einem Mann gehört, den ich noch nie gesehen habe. Aus dem Nichts stand er plötzlich da. Ich habe nicht mal seine Schritte gehört, und ich weiß, dass mir das viel mehr Angst hätte machen sollen als seine Stimme. Weil ein Mann, der sich so lautlos bewegt und plötzlich neben dir steht, nichts Gutes im Sinn haben kann. Auch nicht, wenn er einen makellosen Anzug und ordentlich nach hinten gelegte Haare trägt. *Gerade* dann nicht.

Ich wollte nicht aufschauen. Wollte nicht wissen, wie er aussieht, weil er mir *meine* Nacht kaputtgemacht hatte. Weil er mich allein mit seiner Stimme beinah dazu gebracht hätte, es nicht zu tun. Aber ich konnte ihn nicht *nicht* ansehen. Ich *musste* zu ihm aufschauen, und als ich in diese dunklen Augen blickte, die fast schwarz wirkten, war es, als würde ich meine Zukunft sehen. Da stand *Tod* in ihnen geschrieben. Und es war verrückt, weil es doch genau das war, was ich wollte. Ich wünschte mir den Tod, aber ich hätte nie damit gerechnet, dass er mit dieser Stimme und einem Gesicht daherkommt, das man nur als atemberaubend bezeichnen kann.

Zugleich wusste ich, dass es nicht diese Art von Zukunft ist, die ich in seinen dunklen Iriden erkannte. Es war nicht mein Sterben, das in ihnen stand, sondern mein Leben. Diese Augen schienen sich in meine Seele zu krallen, als könnten sie mich so in dieser Welt halten. Als wollten sie mit aller Macht verhindern, dass ich mich umbringe.

Ich musste wegsehen und es beenden. Immerhin hatte der Tod mir gesagt, wie man es richtig macht. Ich selbst habe davon keine Ahnung, aber er schon. Er weiß, wie er die Lebenden zu sich holt, also vertraute ich ihm.

Doch dann hat er mich betrogen. Er hat mich davon abgehalten, es zu beenden, und obwohl mir sehr wohl bewusst gewesen ist, dass dieser fremde Mann in meinem Zimmer nicht der Tod in Person war, hasste ich ihn dafür, dass er mich verraten hat. Weil er mich um das Sterben gebracht hat, das ich mir doch so sehr gewünscht habe.

An all das erinnere ich mich. Und während ich mit geschlossenen Augen daliege und dieses fremde Bett an diesem fremden Ort mit der Wange erfühle, wünsche ich mir, dass ich diese Stimme nie wieder hören muss. Niemals mehr will ich solche Angst haben, wie ich sie in der Nacht bei diesem Klang verspürte. Es hat mich regelrecht zu Tode geängstigt, und doch scheine ich noch zu leben, denn als ich meinen Arm bewege, spüre ich einen stechenden Schmerz.

Die Schnitte.

Ich verziehe den Mund und öffne endlich meine Augen, um mich aufzusetzen, auch wenn ich es eigentlich gar nicht möchte. Ich will weder wissen, wo ich bin, noch wieso ich hier bin. Ich wollte einfach nur sterben ... Wollte, dass es endet, weil mein Leben eine einzige Qual ist und ich es nicht länger ertrage.

Um meine Arme liegen schneeweiße Verbände, die sich kaum von meiner hellen Haut abheben, aber fachmännisch und sorgfältig die Wunden schützen. Ich weiß noch genau, wie tief ich den Schnitt am linken Arm gesetzt habe, weil es mich so fasziniert hat, das Fleisch, die Muskeln und alles andere zu betrachten. Dennoch war es auch seltsam, da mein Innerstes so lebendig aussah, während ich mich wie tot fühlte.

Mit dem Finger streiche ich über den Verband und drücke leicht zu, als ich über den Schnitt fahre. Der Schmerz wird von einem Ziehen begleitet, und ich vermute, dass irgendjemand – wahrscheinlich die Stimme – die Wunde genäht hat. Ich weiß, dass ich dankbar sein müsste. Dass ich ehrfürchtig und voller Demut sein sollte, weil ein Wildfremder dafür gesorgt hat, dass ich am Leben bleibe. Doch ich empfinde nichts dergleichen. Da ist nicht einmal Wut, weil er mich gerettet hat. Da ist nur Leere.

Als ich aufsehe, nehme ich die hellgrau gestrichenen Wände und die schwarzen Möbel kaum wahr. Mein Blick landet wie von selbst auf dem Mann, der an der gegenüberliegenden Wand steht. Mit vor der Brust verschränkten Armen lehnt er sich daran an, wobei er noch immer den Anzug trägt, den er in der Nacht anhatte. Seine dunklen Augen ruhen auf mir, während sein Gesichtsausdruck wie versteinert erscheint. Lediglich das stete Pochen an seinem muskulösen Hals lässt erahnen, dass er innerlich nicht so ruhig ist, wie er nach außen hin vorgibt.

»Hast du Schmerzen?«

Seine Stimme klingt nicht mehr so kratzig wie in der Nacht, doch sie macht mir noch immer Angst, weil sie augenblicklich wieder dieses Gefühl in mir hervorruft. Das Gefühl von *Zukunft* und *am Leben bleiben*.

Ich schüttle den Kopf, obwohl ich die Schnitte deutlich spüre. Es ist die einzig richtige Antwort. Die, die von mir erwartet wird. Zumindest glaube ich das, denn ich weiß nicht mal, wann mir das letzte Mal eine solche Frage gestellt wurde. Wann sich zuletzt jemand dafür interessiert hat, wie es mir geht oder ob mir etwas wehtut.

Seine nächste Frage ist noch seltsamer für mich, da ich niemanden kenne, der sie mir stellen würde.

»Warum?«, will er wissen, wobei er noch immer an der Wand steht.

Es wirkt, als würde er all seine Kraft aufbringen müssen, um nicht näher zu kommen. Das Beben seines Körpers ist sogar von hier zu erkennen. Ebenso wie die Gefahr, die ihm aus jeder Pore zu dringen scheint. Er riecht förmlich nach Kaltblütigkeit und Gewalt. Trotzdem kann ich weder den

Blick von ihm abwenden noch mich bewegen. Da ist etwas, das mich zu ihm hinzieht. Und das macht mir beinah noch mehr Angst als seine Stimme.

Als ich nichts erwidere, hakt er nach. »Warum wolltest du dich umbringen?«

Ich weiß, dass ich etwas sagen sollte. Dass *ich* ihn nach dem Warum fragen sollte. Warum ich hier bin. Warum er mich aufgehalten hat. Und wer er überhaupt ist. Doch die Worte stecken in meiner Kehle fest. Sie schaffen es nicht auf meine Zunge; schaffen es nicht, gehört zu werden. Ich kann sie einfach nicht aussprechen.

Seine Kiefer verkrampfen sich sichtbar, bis er die Arme löst, sich von der Wand abstößt und auf mich zu kommt. Wie ein Panther nähert er sich dem Bett, aber ich kann ihn nur stumm ansehen, während ich ihm mit dem Blick folge, bis er direkt neben mir stehen bleibt. Ich weiß nicht, wie man davonläuft. Wie man flüchtet. Ich hatte nie eine Chance dazu. Egal, wie oft ich es versucht habe, am Ende wurde ich immer gefangen, daher bleibe ich einfach sitzen, weil mein Instinkt mir sagt, dass es so besser ist. Dass es dann nicht so schrecklich wird. Nicht so schmerzhaft.

»Wieso hast du dir die Pulsadern aufgeschnitten?«, fragt er erneut. Seine Hände ballen sich dabei an seinen Seiten zu Fäusten. Die Knöchel treten weiß hervor, so sehr versucht er, sein Zittern zu verbergen, aber ich sehe es trotzdem.

Ist er wütend? Warum? Weil ich hier bin? Weil ich mich umbringen wollte? Weil ich ihm nicht antworte? Was auch immer ihn antreibt, ich kann nichts daran ändern, also senke ich den Blick und schaue auf die Bettdecke, die vermutlich er mir übergeworfen hat. Der Bezug ist dunkelgrau, und obwohl ich es gar nicht will, streichen meine Finger sachte über den Stoff, weil ich noch immer zu verstehen versuche, wieso er so weich an meiner Wange war. Wieso er nicht gekratzt hat und –

Warme, kräftige Finger packen mich am Kinn und heben meinen Kopf gewaltsam an.

Ich schnappe nach Luft, als ich in das dunkle Braun seiner Augen sehe, die jetzt nur noch wenige Handbreit von mir entfernt sind. Sein Blick bohrt sich in meinen, und ich erkenne jetzt, was es ist. Erkenne, wieso er so aufgebracht ist.

Es ist keine Wut, kein Ärger. Es ist Verzweiflung. Er ist verzweifelt, aber ich verstehe nicht, warum.

»Antworte mir, November.«

Beim Klang meines Namens reißt etwas in mir auf. Nicht, weil er ihn kennt. Nein. Es ist die Art, wie er ihn ausspricht. Wie seine Lippen die Silben formen. Wie seine rau-weiche Stimme in mich hineinsickert und diesen schrecklichen Namen beinah schön klingen lässt. Fast so, als würde er ihn lieben.

Niemand hat meinen Namen je so ausgesprochen. Immer lag etwas darin, das mir Übelkeit verursachte. Aber jetzt … Jetzt will ich ihn wieder und wieder aus diesem Mund hören. Will noch mal hören, wie diese Stimme, die mir solche Angst macht, ihn klingen lässt. Wie sie ihn zu etwas macht, das ich mögen könnte. Der Wunsch ist sogar größer als meine Angst vor dem, was in mir passiert, wenn ich diesen Klang noch öfter höre.

Ich weiß nicht, wie lange er mich auf diese Art festhält und etwas in meinem Blick sucht, während ich innerlich zerreiße, doch plötzlich lässt er mich los und weicht vor mir zurück. Er wendet sich ab, läuft in dem Raum hin und her und fährt sich mit den Händen durch die Haare, so dass sich ein paar Strähnen lösen und ihm in die Stirn fallen.

Als er stehen bleibt und mich wieder ansieht, sind seine

Hände erneut verkrampft. In seinen Augen steht nun nicht nur Verzweiflung, sondern auch Abscheu, und das verwirrt mich, weil er meinen Namen soeben noch ausgesprochen hat, als würde er ihn lieben. Als würde er ihm etwas bedeuten.

»Tut mir leid«, bringt er mit nun wieder kratziger Stimme hervor, wobei ihn ein sichtbarer Schauder durchläuft. Er versucht, es zu verbergen, doch es gelingt ihm nicht.

Etwas sagt mir, dass er jetzt noch gefährlicher ist. Dass er außer sich zu sein scheint und Menschen in diesem Zustand unberechenbar sind. Dass sie grausame Dinge tun können, wenn sie so von ihren Emotionen eingenommen werden. Und dass ich mich von ihm entfernen sollte. Aber ich kann es nicht. Ich kann es genauso wenig, wie ich ihm antworten kann. Darum bleibe ich reglos sitzen, während ich den kleinen Teil, der sich in mir erheben und an diesen Mann und seine Stimme klammern will, umbringe. So, wie ich mich umbringen wollte.

VIER
DANTE

Antworte! Antworte mir endlich, verdammt! Wieso antwortest du nicht?

Ich will sie packen und schütteln. Will meine Hände um diesen schneeweißen Hals legen und so fest zudrücken, bis sie endlich spricht. Ich will die Antworten aus ihr rausquetschen und sie zugleich dabei halten, weil ich weiß, dass sie mich um den Verstand bringen werden.

Niemand versucht aus Langeweile, sich das Leben zu nehmen. Es gibt immer einen Grund. Und er ist nie schön. Er ist immer schmerzhaft und leidvoll und tragisch. Er tut weh und macht, dass die Seele es einfach nicht mehr erträgt, auch nur einen weiteren Atemzug zu tun. Weil sie zu gebrochen ist. Zu verletzt. Zu kaputt.

Ich verurteile sie nicht dafür, dass sie das vorhatte. Gott-verdammt ... Sie wollte einfach nur dem Schmerz und der Trauer entkommen, und daran ist nichts falsch. Dennoch konnte ich es nicht zulassen. *Kann* nicht zulassen, dass sie von diesem Planeten verschwindet, und das macht mich nur noch rasender, weil ich es nicht verstehe. Ich begreife nicht, wieso es mir so wichtig ist. Wieso *sie* mir wichtig ist. Und ich beginne, sie dafür zu hassen.

Doch der Hass, den ich für mich selbst empfinde, ist stärker. Weil ich sie angefasst und ihr wehgetan habe. Weil ich mich wie ein Wahnsinniger verhalte, während sie vermutlich unter Schock steht und nicht verarbeiten kann, was hier geschieht. Wo sie ist, wer ich bin und warum ich sie mitgenommen habe. Aber ihre Augen … Ihre Augen sind so klar. Sie sind nicht von Verwirrung oder Furcht verschleiert. Sie sind glasklar und … leer. Da ist kein Lebenszeichen in ihnen.

November sieht mich aus Augen an, die bereits tot sind, und das macht mir Angst.

Ich muss hier raus. Muss aus diesem Zimmer, in dem sie ist, weil ich mir selbst nicht traue. Weil ich nicht weiß, wie lange ich mich noch zurückhalten kann, wenn sie mich weiterhin mit diesen toten Augen ansieht, während alles in mir will, dass sie lebendig ist. Also wende ich mich ab und stürme aus dem Zimmer, wobei ich die Tür mit solcher Wucht hinter mir zuwerfe, dass ich das Holz knacken höre, doch ich ignoriere es.

Kopf- und völlig machtlos stürme ich an Robin vorbei, der mir entgegen kommt und mich mit großen Augen ansieht. Er hält mich nicht auf. Es ist auch besser so, denn ich habe mich nicht unter Kontrolle. Ich würde ihm vermutlich etwas brechen, wenn er sich mir jetzt in den Weg stellt. Wenn er wissen wollte, was geschehen ist. Wenn er versuchen würde, mich zu verstehen.

Eine Stunde später bin ich noch immer ratlos, aber meine Wut hat sich gelegt. Ich konnte meine Gedanken sortieren und habe mich wieder im Griff, weswegen ich auf mein Zimmer zugehe.

Robins Stimme dringt durch die offene Tür. Er spricht mit ihr, also lehne ich mich mit dem Rücken an die Wand im Flur und lausche, in der Hoffnung, sie endlich etwas sagen zu hören, doch es kommt keine Antwort. November schweigt wie ein Grab, und der Gedanke lässt mich das Gesicht verziehen.

»Klingle, falls du etwas brauchst, dann werden Dante oder ich kommen«, sagt Robin mit beinah sanfter Stimme, wofür ich ihm am liebsten den Hals umdrehen will.

Wieso kann er so ruhig mit ihr reden? Wie schafft er es, sich zu kontrollieren, während er mit ihr spricht? Bringen ihn diese leblosen Augen nicht an den Rand des Wahnsinns? Hat er nicht das Verlangen danach, den Todeswunsch aus Novembers Seele zu reißen?

Bin nur ich es, der von ihr verflucht wurde?

Als Robin aus dem Zimmer kommt, hält er inne, schließt die Tür dann jedoch hinter sich und sieht mich bedeutungsschwer an.

»Was?« Ich spucke das Wort förmlich aus, doch er hat keine Angst vor mir, was mich wieder wütend werden lässt.

Mit einem Nicken bedeutet er mir, mitzukommen. Ich folge ihm widerwillig, obwohl ich viel dringender zu November will, in der Hoffnung, dass endlich Leben in ihrem Blick ist.

Robin geht auf direktem Weg in mein Büro und greift nach einem Stift und Papier. Ich will ihn gerade fragen, ob er den Verstand verloren hat, als er sich mir zuwendet und mir beides in die Hand drückt.

»Sie redet nicht«, sagt er ruhig. »Versuch es hiermit.«

Ich runzle die Stirn und schüttle verwirrt den Kopf. »Was soll das heißen? Wieso redet sie nicht?«

Er zuckt mit den Schultern. »Ich weiß es nicht. Vielleicht kann sie es nicht. Vielleicht ist sie stumm oder … keine Ahnung.« Dann geht er an mir vorbei und verschwindet.

Ich möchte ihm die Knochen dafür brechen, dass er mich wie einen Idioten stehenlässt, doch meine Gedanken kreisen zu sehr um November und das, was er rausgefunden hat, während es mir nicht in den Sinn kam.

Wieso habe ich das nicht in Betracht gezogen? Warum habe ich nicht daran gedacht, dass sie mir nicht antwortet, weil sie nicht sprechen *kann*? Und wieso zum Teufel hat sie nicht versucht, mir das irgendwie begreiflich zu machen? Es gibt doch sicher ein internationales Zeichen, mit dem man anderen klarmacht, dass man stumm ist. Nicht, dass ich es verstanden hätte, aber sie hätte wenigstens *irgendetwas* tun können.

Erneut kocht Wut in mir hoch und vermischt sich mit all dem anderen Wahnsinn, der seit der vergangenen Nacht in mir wütet. Ich bin kurz davor, durchzudrehen, besinne mich aber und verlasse das Büro, um zurück zu meinem Zimmer zu gehen.

Als ich den Raum betrete, sitzt November aufrecht im Bett. Sie lehnt sich mit dem Rücken am Kopfteil an und sieht durch das Fenster nach draußen, wobei sie sich nicht rührt. Nicht einmal, als ich die Tür hinter mir schließe und einen Augenblick ratlos im Zimmer stehen bleibe, um mich dann auf den Stuhl zu setzen, den Robin hergebracht haben muss, um sich mit ihr zu unterhalten. Oder es zumindest zu versuchen.

Mein Blick landet auf einer kleinen Glocke, die November in den Händen hält. Robin muss sie ihr gegeben haben, damit sie sich bemerkbar machen kann, und beim Gedanken daran, woher sie kommt, will mir Galle den Hals hochsteigen, doch ich schlucke sie runter und sehe in Novembers Gesicht.

Im Tageslicht wirkt ihre Haut noch heller als in der Nacht. Ich erwarte fast, die Venen durchscheinen zu sehen, was mich an den Anblick des tiefen Schnittes an ihrem Arm erinnert.

Verdammt. Ich muss irgendetwas finden, woran ich mich klammern kann, damit ich nicht verrückt werde. Irgendetwas Normales. Etwas Ungefährliches, das nicht mit Negativem behaftet ist. Doch da ist nichts, also halte ich Stift und Papier in die Höhe.

»Du kannst mir hiermit antworten«, erkläre ich tonlos und lege beides neben ihr aufs Bett.

November dreht langsam ihren Kopf in meine Richtung. Erst sieht sie nur nach unten auf die Schreibsachen, doch als sie den Blick hebt und mir in die Augen schaut, ist es wie ein Schlag in den Magen. Mir wird klar, dass ich Angst davor hatte, in dieses Wolkenblau zu sehen. Angst davor, weiterhin den Todeswunsch darin zu finden.

Denn er ist noch da.

Fuck, November … Wieso? Ich will es schreien; will die Worte brüllen, damit sie endlich spricht. Stattdessen lehne ich mich auf dem Stuhl zurück, um den Abstand zwischen uns etwas zu vergrößern, weil ihre Nähe mich durcheinanderbringt.

Da Robin ihr meinen Namen bereits gesagt hat, bleibt nicht viel, was ich ihr verraten könnte. Ich werde ihr sicher nicht erklären, dass ich sie töten sollte, denn dann müsste ich es tatsächlich tun.

Erst als mir das bewusst wird, merke ich, in was für eine Lage ich mich gebracht habe. Sie ist eine potenzielle Gefahr, da sie am Leben ist. Wenn ich sie nicht töte, muss ich sie hierbehalten.

Was habe ich mir nur dabei gedacht?

Gar nichts. Ich habe mir gar nichts dabei gedacht, verdammt.

»Brauchst du irgendwas?«, frage ich, um mich von der Scheiße abzulenken, in die ich mich reingeritten habe. »Nimmst du Medikamente?«

Was redest du da, Dante?

November deutet ein Kopfschütteln an, sieht aber nicht weg. Sie fesselt meinen Blick an ihren, und je länger ich sie anschaue, desto kopfloser werde ich. Ich kann nicht klar denken, wenn sie so nah bei mir ist. Sie bringt meine Gedanken durcheinander und macht mich zu jemandem, der ich nicht sein will, weil ich sie nicht verstehe. Nicht zu wissen, was in ihr vorgeht, macht mich verrückt, und das ist gefährlich. Für sie. Für mich. Für alles, was ich mir aufgebaut habe.

Mit aller Gewalt reiße ich meinen Blick von ihrem los und greife erneut nach dem Block und dem Kugelschreiber, der darauf liegt, um beides in ihren Schoß zu legen. »Schreib«, sage ich knapp. »Schreib auf, warum du das getan hast. Oder wieso du nicht sprechen kannst. Irgendetwas. Schreib irgendetwas –«

Ich unterbreche mich, weil sich Verzweiflung und Hilflosigkeit in meine Stimme drängen. Für einen Moment schließe ich die Augen und kneife mit Daumen und Zeigefinger in meine Nasenwurzel, bevor ich tief durchatme und es erneut wage, November anzusehen.

Sie blickt auf die Sachen, die auf ihrem Schoß liegen. Dabei reißt sie wieder mit den Zähnen an ihren trockenen Lippen. Der Anblick fesselt mich so sehr, dass ich nicht einmal merke, dass sie tatsächlich zum Stift greift. Erst als sie den Block hochhält, kann ich mich von ihrem Mund losreißen.

Ich kann nicht sprechen.

Also hatte Robin recht. Ich möchte wissen, wie er das herausgefunden hat, aber dafür ist jetzt nicht die richtige Zeit. Stattdessen nicke ich und sehe November wieder in die Augen. »Du bist stumm.«

Erneut schüttelt sie leicht den Kopf, was mich die Stirn runzeln lässt.

»Du bist nicht stumm, kannst aber nicht sprechen«, wiederhole ich ihre lautlose Erklärung, woraufhin sie nickt.

Sie kann nicht sprechen, weil … Weil … *Wieso kann sie nicht sprechen?*

»Öffne den Mund.« Die Worte kommen harsch über meine Lippen, und ich verkrampfe mich, weil ich eine grauenvolle Vorahnung habe.

Ich habe selbst schon Menschen zum Schweigen gebracht.

Novembers Augen verengen sich für eine Sekunde, und diese Regung durchflutet mich mit etwas, das beinah nach Hoffnung schmeckt. Wenn sie sich über etwas wundert oder es hinterfragt, ist da noch etwas in ihr. Irgendein Funke muss da noch brennen, wenn sie so reagiert, oder nicht?

»Mach den Mund auf. Bitte. Ich muss …«

Wie erklärt man jemandem, dass man nachsehen will, ob ihm die Zunge abgeschnitten wurde?

Ich besinne mich und atme nochmals tief durch. »Hat es eine körperliche Ursache, dass du nicht sprechen kannst?«

Ein weiteres Kopfschütteln, und mir wird klar, dass mich die Antwort nicht erleichtert. Im Gegenteil.

Wenn es keinen körperlichen Grund gibt, ist es psychisch bedingt. Sie redet nicht, weil sie nicht reden will. Weil irgendetwas geschehen ist, das sie davon überzeugt hat, es sei besser, zu schweigen.

Ist es die gleiche Sache, die sie so weit gebracht hat, sich die Pulsadern aufzuschneiden?

»Wieso wolltest du dich umbringen?«, frage ich erneut, obwohl ich längst weiß, dass sie nicht antworten wird. Sie wird es mir nicht sagen; wird nicht aufschreiben, was passiert ist oder warum sie es getan hat. Ihr Schweigen wird die einzige Antwort bleiben.

Den Blick abwendend legt sie den Block mitsamt dem Stift neben sich aufs Bett, um wieder aus dem Fenster zu sehen.

»Willst du immer noch sterben?«

Antworte wenigstens darauf, verdammt. Schüttle den Kopf, November. Sag mir, dass du nicht mehr sterben willst!

Sie bewegt sich nicht. Da ist keine Regung, kein Zucken. Absolut nichts. Sie sieht einfach nur nach draußen, und das sagt mehr, als Worte es könnten.

Ja.

Fuck. Fuck, fuck, *fuck*!

Ich starre sie noch einige Sekunden lang an, bevor ich aufstehe und meine Anzugjacke ausziehe, um sie über die Stuhllehne zu hängen. Dann kremple ich die Ärmel meines Hemdes hoch, und die Tatsache, dass November sich noch immer nicht bewegt – dass sie nicht einmal reagiert, wenn ich direkt neben ihr ein Kleidungsstück ablege –, macht deutlich, wie wichtig das ist, was ich als Nächstes mache.

»Du wirst dieses Zimmer nicht verlassen«, erkläre ich, während ich zum Wandschrank gehe und die Türen aufreiße. »Das Bad ist okay, aber du wirst nicht durch diese Tür nach draußen gehen.«

Ich öffne die obersten zwei Knöpfe meines Hemdes, weil ich das Gefühl habe, keine Luft mehr zu bekommen. Dann greife ich in den Schrank und nehme alles heraus, was ich auf einmal tragen kann, um es in den Flur zu werfen. Dutzende

Anzüge landen auf dem Boden, die Kleiderbügel klappern und die kleinen Knöpfe an den Hemden klimpern kaum hörbar.

»Wir werden dir dreimal am Tag etwas zu essen bringen.«

Die Krawatten folgen; anschließend die Schuhe. Polternd prallen sie von der gegenüberliegenden Wand ab und schlittern über den Boden, doch das kümmert mich nicht. Sie sind ersetzbar, Novembers Leben nicht.

Als ich auch die Kleiderstangen und Regalböden entfernt habe und der Schrank somit leer ist, öffne ich den Tresor, der darin verbaut ist. Messer, Pistolen und Munition folgen der Kleidung. Bei den Handschellen halte ich inne, verwerfe den Gedanken, November einfach ans Bett zu ketten, jedoch wieder. Es erscheint mir falsch.

Du wolltest sie töten, du Bastard. Und jetzt hast du Skrupel davor, sie zu fesseln?

Robin hat recht. Ich bin wirklich krank.

»Das Fenster ist verriegelt«, mache ich ihr deutlich, während ich die Nachttischlampe ebenfalls nach draußen befördere. Das Kabel ist zu gefährlich. »Und es ist schusssicheres Glas. Versuch also gar nicht erst, es zu zerschlagen.«

Ich bleibe stehen und sehe mich um. Eine Deckenlampe gibt es nicht, weil Spots verbaut wurden, also kann ich ihr das Bettzeug lassen. Hier ist nichts, woran sie sich damit erhängen könnte. Das Bett ist zu massiv, als dass sie es in Stücke zerlegen könnte. Die Nachttische sind ein Problem, weswegen ich sie kurzerhand ebenfalls nach draußen befördere. Anschließend gehe ich in das angrenzende Badezimmer und entferne auch hier alles, was sie als Waffe gegen sich selbst benutzen könnte. Ich hänge sogar den verdammten Spiegel ab und stelle ihn in den Flur.

Als ich fertig bin, blickt November immer noch – oder

wieder? – aus dem Fenster, als hätte ich nicht gerade wie ein Irrer den Raum ausgeräumt. Dabei sieht sie so verloren aus, dass Panik in mir aufsteigen will; vor allem, weil mir bewusst wird, dass sie nichts von dem bräuchte, was ich gerade aus dem Raum geworfen habe. Wenn sie ihr Leben wirklich beenden will, reicht eine einfache Wand. Sie müsste ihren Kopf nur lange genug dagegen schlagen.

Fuck. Nicht einmal die Handschellen würden dagegen helfen. Ich bräuchte eine verfluchte Gummizelle, um sicherzustellen, dass sie sich nicht umbringt.

Meine Panik wird zu Zorn, und ich kann ihn nicht mehr zurückhalten. Wie ein Wahnsinniger gehe ich auf November zu, packe sie an den Schultern und hebe ihren Körper aus dem Bett. Sie schnappt nach Luft, doch als unsere Blicke sich ineinander verankern, steht nichts in ihrem.

»Wieso?«, brülle ich und erkenne meine eigene Stimme kaum. Wenn ich erfahre, warum sie das tun wollte, kann ich versuchen, es irgendwie gutzumachen. Ich kann versuchen, die Dämonen zu verjagen, die sie in den Tod treiben wollen, und sie retten. »Wieso wolltest du dich umbringen?«

Kein Zittern. Kein Mucks. Kein Versuch, sich zu befreien. Stattdessen hängt November reglos in meinem Griff und sieht mich an, als wäre ich Luft.

»*Wieso!*«

»Dante!« Robins Stimme dringt wie durch dichten Nebel zu mir durch, und es kostet mich eine Menge Überwindung, um mich von Novembers Augen loszureißen und zu ihm zu schauen.

»Lass sie runter«, sagt er ruhig und kommt dabei auf uns zu.

Mir entweicht ein Knurren, das unmenschlich klingt. »Halt dich da raus.«

Er schüttelt den Kopf. »Nein, mein Freund. Lass sie runter. Du machst ihr Angst.«

Ich sehe wieder zu ihr, doch da ist keine Angst. Da ist nur Gleichgültigkeit. Resignation. Fehlendes Leben.

Mit verkrampften Muskeln lasse ich sie regelrecht aufs Bett fallen und stürme aus dem Zimmer. »Bleib bei ihr«, befehle ich Robin beim Rausgehen. »Sie wird keine Minute unbeaufsichtigt bleiben.«

FÜNF
NOVEMBER

Vier Tage. Seit vier Tagen sitze ich in diesem Zimmer, bin gefangen und werde bewacht. Einer der beiden ist immer hier. Der Jüngere, Robin, ist ruhig und freundlich. Wenn er bei mir ist, liest er oder fragt mich belanglose Dinge, auf die ich jedoch nicht antworte. Er bringt auch immer ein Buch für mich mit, obwohl ich nie eins anrühre. Trotzdem drängt er mich nicht oder gibt mir das Gefühl, dass ihm mein Schweigen etwas ausmacht.

Dante hingegen ist hartnäckiger.

Sobald er hier ist, legt sich seine Verzweiflung wie eine dunkle Wolke über mich. Ich fühle, dass er von Tag zu Tag näher an den Punkt kommt, an dem er durchdreht. Er wird explodieren wie eine Atombombe, doch ich fühle auch, dass er mir dabei nichts tun wird.

Ich verstehe nicht, wieso das so ist. Wieso er so verzweifelt versucht, herauszufinden, was in mir vorgeht, und warum es so wichtig für ihn zu sein scheint. Wieso ihm etwas *an mir* liegt. Denn das ist offensichtlich.

Es ist mir unbegreiflich, weil bisher niemandem etwas an mir gelegen hat, aber Dante bewacht mich, als wäre ich sein Augapfel.

Wenn er nicht gerade versucht, mich zum Reden zu bringen, sitzt er mit einem Laptop auf dem Schoß neben dem Bett. Was er da tut, weiß ich nicht, und die ersten Tage war es mir auch egal. Doch mit jeder weiteren Stunde, die ich hier bin, passiert etwas in mir. Ich kann nicht erklären, was es ist, aber Dantes Beharrlichkeit macht etwas mit mir, das ich nicht will.

Sie weckt Hoffnung.

Ich möchte nicht hoffen. Will nicht daran denken, dass da vielleicht endlich jemand ist, der sich sorgt. Der möchte, dass es mir gut geht und dass ich lebe. Der irgendetwas anderes für mich empfindet als Abscheu oder Verlangen. Dem ich etwas bedeuten könnte.

Und doch scheint es genau das zu sein, was Dante antreibt.

Er ist wie besessen, und ich weiß nicht, wie lange ich das noch aushalte. Wie lange ich es schaffe, seine Frage nach dem Warum unbeantwortet zu lassen, weil er etwas in mir berührt, das nicht berührt werden will.

»Steh auf.«

Dantes Worte reißen mich aus dem Schlaf. Ich hasse es, wenn er mit mir spricht, weil die Wirkung seiner Stimme nicht nachlässt. Im Gegenteil. Ihre Macht über mich wächst mit jeder Silbe und will diesen leblosen Teil in mir aufwecken.

Dennoch öffne ich wie ferngesteuert die Augen und blicke sofort in das dunkle Braun seiner Iriden. Er steht neben dem Bett und hält ein Bündel Kleidung in der Hand. Es überrascht mich, denn obwohl er mich unter die Dusche geschickt hat, bestand er nicht darauf, dass ich alles anziehe, was er mir hinlegte. Stattdessen nahm er es zähneknirschend hin, dass ich lediglich ein Shirt und einen Slip anzog, da ich es so gewohnt bin. Weil es keinen Sinn machte, mehr anzuziehen. Es bewahrte mich nie vor dem, was geschah.

Dante wirft die Sachen neben mich aufs Bett. »Zieh dich an«, befiehlt er und geht zum Fenster, um nach draußen zu sehen.

Regungslos bleibe ich liegen, kann aber nichts dagegen tun, dass ich ihm mit dem Blick folge.

Es ist das erste Mal, dass er keinen Anzug oder zumindest Hemd und Hose trägt. Egal zu welcher Tages- oder Nachtzeit: Dante ist immer makellos gekleidet. Stets gänzlich in schwarz, aber völlig makellos. Es sind maßgeschneiderte Anzüge, die sich perfekt an seinen Körper schmiegen und erkennen lassen, dass er der geborene Jäger ist. Breit und kraftvoll und gefährlich.

Doch jetzt trägt er Jeans und ein T-Shirt, und obwohl ich bereits gesehen habe, dass ein paar Tattoos seine Unterarme zieren, schaue ich sie erstmals richtig an.

Es sind so viele Motive, dass ich gar nicht alle auf einmal erfassen kann. Da ist ein Wolf. Eine Sense. Zwei schwarze Rosen. Aber auch weniger düstere Elemente. Ein Füllfederhalter. Kleeblätter. Notenschlüssel. Sogar ein Schmetterling ist zu erkennen. Es scheint keinen Zusammenhang zu geben; kein Muster, das die Bilder miteinander verbindet oder einen Sinn ergibt. Es wirkt beinah so, als wären es willkürliche Motive, die wild auf seiner Haut platziert wurden.

Er dreht sich wieder zu mir um und verschränkt die Arme vor der Brust. »Wir gehen raus«, sagt er, als hätte ich ihn gefragt, was er vorhat. »Also steh auf. Los.«

Ich will nicht raus. Ich will hier liegen und sterben.

Letzteres ist ein Mantra, das ich mir seit Tagen immer wieder selbst aufsage, da ich sonst befürchte, dass Dante es schafft, mich davon abzubringen. Weil etwas in mir sich schon von ihm hat bekehren lassen und weiterleben will. Weil mich dieser Mann, von dem ich nichts weiß und der mich hier gefangen hält, auf eine verdrehte und einnehmende Art in seinen Bann gezogen hat.

Dennoch bleibe ich liegen. Nicht aus Angst vor dem, was er vorhat oder wo er mit mir hinwill. Ich sehe keinen Sinn darin, aufzustehen, und ein winziger Teil von mir genießt es, einfach nur hier zu liegen und mich nicht darum zu sorgen, wer sich meinem Zimmer nähert. Weil weder Dante noch Robin mir etwas tun. Sie rühren mich nicht an, und so befürchte ich auch nicht, dass Dante mich jetzt dazu zwingen wird, aufzustehen. Er mag gespannt sein wie die Saiten einer Violine – ich sehe es daran, wie die Muskeln an seinen Armen zucken und sich seine Finger verkrampfen –, aber er würde mich nicht –

Die eben noch verkrampften Hände schießen vor und reißen die Decke von mir, um mich zu packen und so schnell auf die Füße zu stellen, dass mir schwindlig wird.

»Anziehen. *Jetzt*.«

Seine Stimme ist drohend, während er mich festhält, bis mich meine Beine tragen. Die dunklen Augen sind mit einer solchen Intensität auf mich gerichtet, dass ich schwer schlucken muss. Ich hasse es, dass er diese Reaktion in mir hervorrufen kann. Zugleich atmet etwas in mir auf. Etwas … Lebendiges.

»Wenn du es nicht tust, werde ich es tun«, warnt er und greift nach der Kleidung, um sie mir an die Brust zu drücken.

Ich überlege, ihm nicht zu gehorchen. Doch der Griff seiner rechten Hand, die um meinen Oberarm liegt, wird fester und regt etwas in mir. Es ist keine Angst, aber es ist zu stark, als dass ich es ignorieren könnte, also nehme ich die Kleidungsstücke und mache, was er verlangt.

Ich spüre seinen Blick auf mir, während ich mich anziehe, und als ich fertig bin und aufsehe, scheint er nicht mehr ganz so angespannt zu sein. Es wirkt beinah so, als würde ihn dieser kleine Sieg, den ich ihm soeben zugestanden habe, erleichtern.

Er greift nach meiner Hand und zieht mich ohne ein weiteres Wort aus dem Zimmer, um mich durch den Flur in einen Eingangsbereich zu führen, bis er vor der Haustür stehen bleibt.

Die Wände sind schneeweiß, der Boden besteht aus schwarzem, glänzendem Marmor. Es wirkt steril und beinah kalt, und ich frage mich gegen meinen Willen, an was für einem Ort ich bin.

Dante dreht sich nicht zu mir um, als er zu sprechen beginnt, aber ich kann an seiner Stimme und der Art, wie er meine Hand in seiner hält, die Eindringlichkeit seiner Worte spüren.

»Ich werde nicht zulassen, dass du davonläufst«, macht er deutlich. »Die Raubtiere sind nicht das, was du da draußen fürchten solltest, weil ich dir nicht mal die Möglichkeit gebe, in ihre Nähe zu kommen. Ich werde dich finden und zurückholen, ganz egal, wie weit du läufst. Hast du mich verstanden?« Er sieht über die Schulter zu mir, da ich nicht antworte. »*November* …«

Mein Kopf nickt von allein. Ich kann nichts dagegen tun und befürchte, dass Dante merken könnte, welche Macht seine Stimme über mich hat, wenn er meinen Namen ausspricht. Wenn er merkt, dass er damit genau den Teil in mir weckt, den er haben will. Den lebendigen Teil.

Er nickt ebenfalls, bevor er sich wieder der Tür zuwendet und sie öffnet, um mich nach draußen zu führen.

Wir gehen über eine hölzerne Veranda, die so gar nicht zum Inneren des Hauses passt. Als ich mich umdrehe, stelle ich mit Erstaunen fest, dass es eine riesige Blockhütte ist. Von außen sieht sie so urig und schön aus, dass ich mich frage, ob es wirklich das Haus ist, aus dem wir gerade gekommen sind.

Dante zieht mich zielstrebig über einen geschotterten Weg und umrundet die Ecke des Gebäudes. Ich folge ihm, wobei ich diesen seltsamen Geruch, der mir bereits am ersten Tag aufgefallen ist, immer deutlicher wahrnehme. Nur wenige Schritte später weiß ich endlich, was es ist.

Vor uns erhebt sich ein großer, hölzerner Bau, der von umzäunten Weideflächen umgeben ist. Kühe, eine Vielzahl an Pferden und sogar einige Schafe, Ziegen und Esel stehen auf den Koppeln in der Vormittagssonne und grasen. Neben dem Tor des Gebäudes, das ganz offensichtlich ein Stall ist, liegt ein Schäferhund, der an einer langen Leine angebunden ist, und beobachtet, wie wir auf ihn zugehen. Als wir bei ihm angelangt sind, deutet er ein Schwanzwedeln an, bleibt aber flach liegen, als wäre er verunsichert oder gar ängstlich. Dante beugt sich nach unten und krault das Tier kurz zwischen den Ohren, bevor er sich wieder erhebt und mich in das Innere des Stalls führt.

Es riecht nach Heu, Stroh und Vieh, und überall hört man das Rascheln des Einstreus und das Mahlen der Tiere, die gerade fressen. Ein schwarzes Pferd sieht über die brusthohe Tür seiner Box und streckt sich – offenbar in der Hoffnung, ein Leckerli von Dante zu bekommen, der geradewegs zu dem Tier geht und in seine Hosentasche greift.

»Hier.« Er hebt meine Hand und legt einen grünlichen Würfel hinein, woraufhin das Pferd sich erneut streckt und versucht, an meine Hand zu gelangen. Es schnaubt und tritt einmal gegen die Tür seiner Box, während ich wie erstarrt dastehe und versuche, zu begreifen, was das hier ist.

Das erste Mal seit einer gefühlten Ewigkeit will ich etwas sagen. Ich will Dante fragen, wo ich bin und wieso hier Tiere sind. Wer er ist und warum er mich hergebracht hat. Stattdessen schweige ich, während der warme Atem des Pferdes meine Hand streift.

»Sie wird dich schon nicht beißen«, sagt Dante. »Und falls doch, bringt es dich nicht um.«

Ich wende ihm den Kopf zu und sehe erstmals so etwas wie ein Schmunzeln auf seinen Lippen. Es wirkt, als hätte er einen Witz gemacht, den ich jedoch nicht verstehe. Zugleich glaube ich, zu begreifen, was er versucht.

Er will mich aus der Reserve locken. Will mich mit allen Mitteln dazu bringen, zu reagieren, und schreckt nicht mal davor zurück, die Tiere dafür zu benutzen.

»Halt die Hand flach.« Er umgreift meine Faust und dreht sie, um die Finger zu lösen, so dass meine Handfläche mit dem Leckerli nach oben zeigt. »Nicht zurückschrecken.«

Mit einer beinah sanften Bewegung schiebt er mich auf das große Tier zu. Die Lippen des Pferdes spitzen sich, zucken hin und her, bis ich nah genug bin und es das Leckerli vorsichtig von meiner Handfläche schnappt und geräuschvoll kaut.

Dante lässt mich los, bleibt aber direkt neben mir stehen. »Sie heißt Blanket. Und nein, den Namen habe nicht ich ihr gegeben.«

Als ich zu ihm sehe, hat er die Hände in die Hosentaschen geschoben und sieht zu dem Pferd, das nun Heu aus einem Netz zupft. Ich wünschte, ich könnte sagen, dass ich es mir nur einbilde, aber etwas an Dante ist anders. Es wirkt fast so, als wäre er hier draußen lockerer. Als wäre die ständige

Anspannung ein wenig von ihm abgefallen. Als würde die Nähe der Tiere ihn beruhigen.

»Komm«, sagt er plötzlich und greift wieder nach meiner Hand. Er hält sie so fest, als hätte er Angst davor, dass ich jeden Moment verschwinden könnte. Mir bleibt also nichts anderes übrig, als ihm zu folgen, während ich versuche, zu begreifen, was hier vorgeht und wer er ist.

SECHS
DANTE

Ich würde niemandem gegenüber zugeben, dass es eine Verzweiflungstat war, aber ich muss versuchen, November irgendwie aufzuwecken. Und wenn ich eines weiß, dann dass Tiere eine Wirkung auf Menschen haben, die unvergleichlich ist. Sie sind meine letzte Chance, bevor ich zu Mitteln greifen muss, die ich bei November nicht anwenden möchte. Ich will sie nicht gewaltsam zwingen, zu reden, und ich will sie auch nicht länger einsperren, nur um sicherzugehen, dass sie lebt. Es wäre falsch. Und vermutlich könnte ich es nicht einmal. Ich würde mir lieber selbst die Hände abhacken, als November zu schaden.

Gehen lassen kann ich sie jedoch auch nicht.

Diese Erkenntnis sollte mir vermutlich Sorgen bereiten. Sie ist ein klares Zeichen von Besessenheit. Und wenn ein Mensch eines nicht sein sollte, dann, von einem anderen besessen zu sein.

Dennoch kann ich es nicht abstellen. Es ist wie ein Naturgesetz, das sich manifestierte, als sie mich das erste Mal mit ihren Wolkenaugen angesehen hat.

Robin hält mich für wahnsinnig. Er spricht es nicht aus, aber ich erkenne es an der Art, wie er mich anschaut. Zugleich scheint er etwas in meinem Blick gefunden zu haben, das ihm deutlich macht, wie ernst es mir ist. Seitdem kümmert er sich beinah aufopferungsvoll um November. Er bringt ihr sogar Bücher mit, und ich habe meine Mühe damit, ihm seine Hälfte des Tages zu lassen, die er bei ihr ist, damit sie keine Dummheiten macht.

Ich bin neidisch auf meinen Freund, weil er Zeit mit November verbringt. *Das* ist krank; nicht die Foltermethoden, die ich anwende. Es ist das Fieber, das mich in dieser Nacht gepackt hat, in der ich sie töten sollte. Es ist der Wahn, der von mir Besitz ergriffen hat und mich jede Vernunft über Bord werfen lässt.

Ich schlafe kaum noch. Ich kümmere mich nicht darum, herauszufinden, wer November tot sehen will und was dieser Jemand gerade tut. Schließlich wurde keine Leiche gefunden. Niemand weiß, wo sie ist, und die Nachrichten sind voll mit Meldungen über die verschwundene Tochter des Senatorenkandidaten. Es ist das Medienspektakel schlechthin, und mich beschleicht eine Ahnung, die ich noch nicht zu bestätigen wage.

Als ich November am Mittag zurückbringe, sind ihre Wangen von der Sonne etwas rosiger, und ich glaube, sogar einen leichten Glanz in ihren Augen zu erkennen.

Sie hat keine Reaktion gezeigt, als ich sie durch den Stall geführt und ihr die Tiere gezeigt habe, doch darauf war ich vorbereitet. Ich habe damit gerechnet, dass sie auch jetzt nicht preisgibt, was in ihr vorgeht, dennoch schmecke ich Enttäuschung, während ich ihr dabei zusehe, wie sie Schuhe und Hose auszieht und sich aufs Bett setzt. Doch anstatt sich wie sonst hinzulegen und wieder aus dem Fenster zu starren, sieht sie auf ihre Hände, die sie in ihrem Schoß abgelegt hat.

Ich würde alles dafür geben, um zu wissen, was gerade in ihr vorgeht, dennoch bleibe ich ruhig in der Tür stehen und sehe sie einfach nur an. Betrachte die feinen Schatten, die ihre Wimpern auf die geröteten Wangen werfen, und beobachte, wie sie mit den Zähnen an ihrer Lippe zupft.

Es treibt mich in den Wahnsinn, so machtlos zu sein, doch dann regt November sich plötzlich. Sie greift nach dem Stift, der seit Tagen ungenutzt auf dem rechten Nachttisch liegt, den ich wieder an seinen Platz gestellt habe, und mein Herz setzt einen Schlag aus. Dann nimmt sie auch den Block in die Hand und legt ihn auf ihren Schoß.

Ich halte mich regelrecht am Türrahmen fest, um nicht zu ihr zu stürmen, obwohl ich nichts von dem verpassen will, was sie tut. Wenn sie jetzt etwas schreibt … Wenn sie endlich kommuniziert und irgendwas verrät, war es jede einzelne Sekunde wert, die ich mit mir gerungen habe, um sie nicht zum Reden zu zwingen.

November setzt den Stift an und schreibt. Es sind nur wenige Worte, doch ich werde jedes einzelne davon aufsaugen wie lebensnotwendigen Sauerstoff. Zugleich wird mir klar, dass es nicht genug sein wird. Es wird nicht reichen, ihre geschriebenen Worte zu lesen, weil ich ihre Stimme hören will. Ich will wissen, wie sie klingt. Wie sie die Silben mit ihren Lippen formt und wie es sich anhört, wenn sie meinen Namen sagt.

Sie sieht auf und dreht den Block um. Ihr Blick fängt meinen sofort ein, und ich bemühe mich darum, in gemäßigtem Tempo zum Bett zu gehen, wobei ich den Stuhl näher ran schiebe und mich dann setze.

Was ist das für ein Ort?

»Ich verrate es dir, wenn du mir sagst, warum.«

Es ist grausam von mir, sie zu erpressen, aber ich muss es wissen. Muss wissen, was geschehen ist, weil es wichtig ist. Es ist zum beinah Wichtigsten für mich geworden, herauszufinden, was mit ihr passiert ist. Denn in den letzten Tagen ist mir eine Sache klar geworden: Wenn ihr jemand etwas angetan hat, wird er dafür büßen.

Das Schicksal muss sich etwas dabei gedacht haben, dass es ausgerechnet mich in ausgerechnet dieser Nacht zu November geführt hat. Es wollte, dass ich sie räche. Dass ich diejenigen bestrafe, die ihr Leid zugefügt haben, denn etwas sagt mir ganz deutlich, dass November nicht krank ist. Sie ist keine psychisch labile Frau, die einen irrationalen Todeswunsch hat. Sie wurde zu dem gemacht, was sie jetzt ist. *Jemand* hat sie dazu gemacht, und dieser jemand war nicht sie selbst.

Sie hebt den Kopf und sieht mich aus diesen wolkenblauen Puppenaugen an, die sie so gottverdammt unschuldig aussehen lassen, dass ich den Hass gegen denjenigen, der sie verletzt hat, zurückdrängen muss, um nicht zu explodieren und das Haus niederzureißen. Ich kann eine Regung in ihrem Gesicht erkennen und frage mich, ob es Wut, Empörung oder Angst ist, doch bevor ich sie deuten kann, senkt November den Blick wieder und setzt den Stift an.

Versprichst du es?

Sie hebt den Block nicht an, da ich mich etwas vorgebeugt habe, um mitzulesen.

Fuck, November ... Ich verspreche dir alles, solange du nur endlich antwortest!

»Ja.«

Ihr Blick ist weiterhin auf das Papier gerichtet, und ich kann sehen, wie sie mit sich ringt. Dass sie überlegt, ob sie mir vertrauen soll. Ob sie mir anvertrauen kann, was in ihr vorgeht.

Ich bin kurz davor, sie aus dem Bett zu heben, um sie an mich zu pressen und ihr die Welt zu versprechen, wenn sie nur endlich mit mir spricht. Doch dann beginnt sie, zu schreiben. Und mit jedem Wort, das auf dem Papier erscheint, wünsche ich mir mehr, sie würde noch immer schweigen.

Es war mein fünfter Geburtstag. Schon damals habe ich nicht viel gesprochen. Ich konnte es nicht gut. Es war niemand da, der viel mit mir geredet hat.

Victor gab mir am Nachmittag mein Geschenk. Einen Stoffhasen. Dann hat er mir ins Ohr geflüstert, dass ich mein richtiges Geschenk am Abend bekommen würde. Dass er eine Überraschung für mich hätte. Ich war so aufgeregt, weil ich ihn gernhatte und bisher nie eine Überraschung bekommen habe. Also lag ich wach im Bett, voller Vorfreude und mit klopfendem Herzen. Als er endlich kam, hat er sich zu mir gelegt. Er kuschelte sich an mich. Es war schön, weil mich sonst nie jemand in den Arm genommen hat.

Sie blättert um, weil das Blatt vollgeschrieben ist. Ihre Hände sind dabei ganz ruhig; beinah so, als würde sie die Geschichte einer fremden Person erzählen, nicht ihre eigene. Mir steigt unterdessen Galle die Kehle hoch. Meine Finger verkrampfen sich auf meinen Oberschenkeln, und ich will nichts mehr, als aus diesem Raum zu flüchten. Zugleich bin ich wie erstarrt, weil das Grauen mich lähmt und ich nicht wegsehen kann, als sie weiterschreibt.

Er hat gefragt, ob ich jetzt meine Überraschung will, und ich habe genickt. Ich habe mich so sehr gefreut. Es war toll, zu kuscheln und noch ein Geschenk zu bekommen. Sonst habe ich nie Geschenke bekommen, und an diesem Tag gleich zwei. Er sagte, dass ich ihm etwas versprechen muss. Ich habe wieder genickt, und er hat mich noch fester gehalten. Du darfst nie darüber reden, *hat er gesagt.* Mit niemandem. *Dass es unser Geheimnis ist, sagte er, und dass es niemals jemand erfahren darf. Er hat es mich schwören lassen. Dass ich nicht darüber spreche. Also habe ich es geschworen. Ganz fest. Dann hat er mir einen Kuss gegeben. Erst nur auf die Stirn. Auf die Backe. Dann –*

Mit einer fahrigen Bewegung reiße ich das Papier unter ihren Fingern weg. »Das reicht.« Meine Stimme klingt fremd. Viel zu schwach und zugleich völlig zerrissen.

Ich stehe auf und laufe in dem Zimmer auf und ab. Alles in mir will, dass ich gehe, aber wenn ich sie jetzt nicht frage, werde ich es nie tun. Also wende ich mich ihr wieder zu und halte den Block in die Höhe. »Wer ist Victor?«, bringe ich zwischen verkrampften Kiefern hervor, während November mich ausdruckslos ansieht, als hätte sie mir nicht gerade das Grausamste erzählt, was einem Kind widerfahren kann.

Sie nimmt mir den Block ab und schreibt zwei Worte auf.

Unser Leibwächter.

»Was ist mit deinen Eltern?«

Das ist eine andere Geschichte, schreibt sie und blickt wieder zu mir auf. Ohne hinzusehen fügt sie an: *Jetzt du.*

Nein. *Nein*. Fuck, nein!

Ich muss hier raus. Keine Sekunde länger kann ich in diesem Raum bleiben. Die Wände scheinen sich auf mich zuzubewegen, während ich versuche, zu atmen, aber es kommt kein Sauerstoff in meinen Lungen an.

Wie von Sinnen wende ich mich ab und laufe aus dem Zimmer. Ich rufe nach Robin, damit er auf November aufpasst, nehme aber nicht mal mehr wahr, ob er mich überhaupt hört. Alles verschwimmt vor meinen Augen, und ich schaffe es gerade noch nach draußen und um die Ecke des Hauses, bevor ich mir die Seele aus dem Leib kotze.

SIEBEN
DANTE

Sie war fünf. *Fünf*!

Der Leibwächter.

Du darfst nie darüber reden, hat er gesagt.

Ich bin kurz davor, den gesamten Planeten in Brand zu setzen. Und ich weiß nicht einmal, wieso. Es ist nicht das erste Mal, dass ich von solchen Geschichten höre. Verdammt ... Ich habe solchen Abschaum bereits mit bloßen Händen umgebracht. Dennoch ist das hier etwas anderes. Es ist persönlich. Es bedeutet etwas. Es berührt mich und schmerzt. Wieso, ist mir egal. Dass es irrational ist, ebenso.

Sie wurde misshandelt, und dieser *Leibwächter* sagte ihr, dass sie mit niemandem darüber reden dürfe. Ihr kindlicher Verstand hat dieses Versprechen ausgeweitet und es mitsamt dem Trauma zu etwas gemacht, das bis heute anhält und dazu führt, dass sie nicht sprechen kann. Weil sie beigebracht bekommen hat, dass sie es nicht darf. Weil der Mensch, der auf sie aufpassen und sie beschützen sollte, ihr Unaussprechliches angetan und ihre Seele damit gebrochen hat.

Darum wollte sie sterben. Das ist der Grund dafür, dass sie sich das Leben nehmen wollte, und ich habe ihr die Chance dazu genommen, weil ich sie hätte ermorden sollen, es aber nicht konnte. Weil irgendjemand sie tot sehen wollte, lebt sie jetzt, und das ist alles so furchtbar verdreht, dass ich mir nicht erlaube, meine Gedanken zu dem Auftraggeber abdriften zu lassen. Weil ich es nicht ertragen würde, wenn sich meine Vermutung manifestieren oder gar bestätigen würde. Es würde mir nur erneut beweisen, was für widerwärtige Wesen Menschen sind, und den Wunsch, jeden auf dieser Erde zu vernichten, schüren.

Ich verstehe November. Verstehe, dass sie glaubt, es nicht länger zu ertragen und dass Selbstmord der einzige Ausweg sei. Aber sie ist jetzt hier, bei mir, und sie wird niemals fürchten müssen, dass dieser Kerl sie auch nur ansieht, also kann sie heilen. Kann es zumindest versuchen. Sie *muss*, denn wenn sie stirbt, habe ich erneut versagt. Ich habe die Möglichkeit, sie zu retten, und ich werde alles dafür tun.

Mit tränenden Augen stürme ich zurück ins Haus und wasche mir das Gesicht ab und die Kotze aus dem Mund, bevor ich in mein Zimmer zurückgehe.

»Raus«, sage ich knapp zu Robin, der etwas verloren in der Mitte des Raumes steht, weil er offensichtlich nicht versteht, was los ist. November hat ihm also nicht gezeigt, was sie aufgeschrieben hat. Sie will nicht, dass er es weiß; zumindest nicht jetzt. Ich werde das respektieren, weswegen er erst recht verschwinden muss.

Er schaut mich besorgt an, doch ich nehme es kaum wahr, weil mein Blick wieder in dem von November verankert ist. »Was ist passiert? Du siehst aus, als –«

»*Verschwinde!*«

Im Augenwinkel sehe ich, wie er beschwichtigend die

Hände hebt und mit gebührendem Abstand um mich herum geht, um das Zimmer zu verlassen.

Ich kann mich unterdessen nicht rühren, während mein Körper bebt und ich November ansehe. Während ich in diese Iriden sehe, die so leer und tot und zugleich voller Leid sind. Ich verstehe sie jetzt. Verstehe die Augen, die mich gefangen genommen haben und mich selbst in meinen Träumen verfolgen, weil ich an nichts anderes mehr denken kann. Zwar habe ich vorgegeben, zu arbeiten, wenn ich neben ihr auf dem Stuhl saß und den Laptop auf dem Schoß hatte, doch in Wahrheit habe ich keine einzige Transaktion getätigt. Ich konnte ein paar simple Mails beantworten, Futterbestellungen aufgeben und Medikamentenrechnungen bezahlen. Aber die meiste Zeit starrte ich nur den Bildschirm oder November an, während ich mich gefragt habe, was ihr zugestoßen sein könnte.

Jetzt weiß ich es.

Aber ich lasse nicht zu, dass sie sich davon zerstören lässt. Ich erlaube es ihr nicht. Sie wird nicht ihr Leben wegwerfen, nur weil irgendein Hurensohn sich etwas genommen hat, das man sich niemals nehmen sollte. Nein. Das kann ich einfach nicht.

Ich muss die Gedanken laut ausgesprochen haben, denn Novembers Augen weiten sich kaum merklich. Doch es ist mir egal. Sie soll es wissen. Sie *muss* es wissen, damit ihr klar wird, dass ich sie nicht sterben lasse.

»Ich kann es nicht, verstehst du?«, sage ich verzweifelt und gehe auf sie zu. »Ich kann nicht dabei zusehen, wie du stirbst, Winter.«

Ich weiß nicht, wieso ich diesen Namen sage. Er schwirrt mir schon seit Tagen im Kopf herum, weil er viel besser zu ihr passt, aber das ist jetzt egal.

»Du musst dagegen ankämpfen. Du darfst dich davon nicht zerstören lassen, verdammt!«

Ich stehe direkt neben dem Bett. Meine Hände sind in die Matratze gestemmt, während ich mich zu ihr nach unten beuge und nur noch wenige Zentimeter von ihrem Gesicht entfernt bin, doch sie hat keine Angst. Natürlich nicht, denn sie weiß, wie Monster aussehen. Sie kämpft seit Jahren gegen eins, da *kann* ich ihr keine Angst mehr machen, und das macht mich mit einem Mal rasend.

Es geht nicht.

Sie sieht nicht mehr auf, nachdem sie die Worte auf das Blatt Papier gebracht hat.

Oh … Sie hätte sie besser nicht aufgeschrieben.

Ich reiße sie aus dem Bett und presse ihren Körper mit meinem gegen die Wand, während sich meine Hand wie von selbst an ihre Kehle legt. »Wo ist er, Winter? Wo ist dein fucking Überlebenswille? *Wo!*« Ich schreie die Worte und merke, wie sie Luft holt. Fühle ihren Puls an meiner Handfläche, wo er sich gegen meine Haut presst. Spüre ihre Atemzüge, weil sich ihr Brustkorb gegen mich drängt.

Es ist zu nah. *Ich* bin zu nah. Ich zerquetsche sie, nehme ihr mit jeder Sekunde mehr Luft zum Atmen, aber ich kann nicht aufhören. Kann sie nicht loslassen und mich abwenden. Ich *kann* es nicht.

»Verdammt, Winter … Du musst leben.« Es ist nur noch ein raues Flüstern, das mir über die Lippen kommt, und als ich erneut Luft hole, schmecke ich ihren süßen Atem auf meiner Zunge, weil ich so nah bin. Aber ich muss es versuchen. Muss irgendwie diesen Überlebenswillen in ihr wecken, selbst wenn es durch Angst geschieht.

Ihre Lippen sind leicht geöffnet, die Wangen rot. Sie versucht, durch meinen Griff hindurch zu atmen, aber sie wehrt sich nicht. Ihre Augen sind zugleich verschleiert und klar. Es stehen Tränen darin.

Sie weint. Fuck … *Sie weint*, verdammt. Es ist zu viel. Sie wurde missbraucht, und ich bin zu nah, tue ihr weh und mache ihr Angst. Ich muss sie loslassen. Muss sie gehen lassen. Muss –

Meine verkrampften Finger lockern sich, während ihr Blick meinen festhält und ich darin versinke. Während alles sich furchtbar falsch anfühlt und jeder Zentimeter, an dem sich unsere Körper berühren, dennoch das einzig Richtige sind, was ich je gespürt habe. Es ist alles so verdreht und falsch und grausam.

Plötzlich legen sich ihre Finger um mein Handgelenk. Sie kann es nicht mal umgreifen, und doch packt sie es, will es wegziehen, will sich befreien, will –

Sie hält mich fest. Sie hält mich fest und bei sich, damit ich mich nicht entferne.

Scheiße. Was passiert hier? Was, verdammt noch mal, passiert hier gerade?

Ich merke erst jetzt, dass ihre andere Hand an meiner Taille ist. Sie hält sich an meinem Shirt fest, krallt sich in den dunklen Stoff und *zerrt* beinah daran. Als wolle sie mich noch näher bei sich haben.

Das ist nicht richtig. Ich habe einen Fehler gemacht. *Lass sie jetzt los, Dante!*, schreie ich in meinem Kopf, aber November … hält mich weiterhin fest.

Sie muss die Panik in meinem Blick sehen, denn sie schließt für einen Moment die Augen. Ihre Stirn legt sich in Falten, und ich versuche erneut, mich aus ihrem Griff zu lösen, doch irgendetwas raubt mir all meine Kraft. Ich wiege mehr als doppelt so viel wie sie, und doch schaffe ich es nicht, mich loszureißen. Aber ich *muss*.

Ihre Lippen pressen sich aufeinander, bevor sie sich öffnen. Einmal, zweimal, dreimal.

Sie bekommt keine Luft. Lass sie endlich los, verdammt!

Ich kann nicht.

November öffnet ihre Augen und sieht direkt in meine. Und da … Da ist etwas. Da ist Leben in ihnen.

Ein leises Wimmern ertönt, und mir wird erst klar, dass es von ihr kommt, als sie erneut den Mund öffnet.

»Nicht.«

Ich erstarre zu Eis.

»Was?«, krächze ich kaum hörbar, weil ich glaube, zu träumen.

»Hör … nicht auf«, haucht sie, und der Klang ihrer Stimme zwingt mich beinah in die Knie. Sie ist ganz rein und klar und so wunderschön … Wie Schnee, wenn er in der Nacht auf die Erde fällt. Leise und sanft und so unschuldig. Diese Stimme hat nie ein schlechtes Wort gesagt; nie geflucht oder verletzt. Diese Stimme ist das Wundervollste, was ich je gehört habe.

Diese Stimme ist mein Untergang.

»Winter …«

Fuck. Meine Finger liegen noch immer um ihren Hals, mein Körper drängt sich gegen ihren und presst sie gegen die harte Wand in ihrem Rücken.

»Scheiße«, murmle ich und will erneut von ihr ablassen. Ich schaffe es kaum ein paar Zentimeter weit, bis ihre Hand sich fester um mein Handgelenk legt und …

Novembers Blick brennt sich in meinen, als sie meine Hand mit ihrer nach unten und zwischen ihre Schenkel führt.

»Was zu–«

Sie schüttelt den Kopf, während sie meine Finger führt. Ich

spüre ihre Nässe durch den Stoff ihres Slips hindurch und bin mir sicher, dass ich jeden Moment verrückt werde.

Das ist krank. Es ist falsch und abartig und *nicht richtig*, aber November sieht mich plötzlich mit einem Ausdruck in den Augen an, der mein Denken auslöscht. Da ist nichts mehr in mir – kein Funken Verstand –, während in den Wolken ihrer Iriden Blitze aufflackern.

»Hör nicht auf«, wiederholt sie mit bebender Stimme und schiebt sich gegen meine Hand, die sich wie von selbst um sie gelegt hat.

Ich schließe die Augen, weil es zu viel ist. »Fuck. Winter … Sag noch etwas. Irgendwas.«

Sie muss weiterreden, damit ich nicht verrückt werde. Damit ich nichts tue, was ich bereuen würde. Damit ich mich auf ihre Stimme konzentrieren und sie loslassen kann.

Sie räuspert sich, und ich höre, dass die Worte ihr Schwierigkeiten bereiten. Zugleich glaube ich jedoch, dass sie geübt hat. Ja, sie muss heimlich gesprochen haben, denn sonst könnte sie es vermutlich nicht so gut. Dann, wenn niemand sie hören konnte, muss sie gesprochen haben.

Der Gedanke lenkt mich etwas ab, und ich bin beinah so weit, dass ich meine Hand von ihr nehmen kann, doch dann redet sie wieder.

»Ich will, dass du weitermachst«, bittet sie mit festerer Stimme, aus der ich nun auch das Verlangen höre.

Fuck. Ich kann sie nicht loslassen. Ich schaffe es einfach nicht. Weiß nicht, wie man es macht. Wie man das Richtige tut und zurückweicht.

»Sag das noch mal«, flehe ich sie an, wobei ich die Augen wieder öffne, um keine Regung ihres Gesichts zu verpassen. Ich muss die Worte sehen. Muss sehen, wie sie sie ausspricht, weil es nicht reicht, sie nur zu hören. Ich muss zumindest wissen, ob sie die Wahrheit sagt, wenn ich für das in die Hölle komme, was gleich geschehen wird.

»Mach weiter«, sagt sie. »Bitte hör nicht auf, Dante.«

Dante.

Es ist der schönste aller Klänge. Das Atemberaubendste, was ich in meinem ganzen Leben gehört habe, und ich würde vor ihr auf die Knie gehen, doch dann könnte ich nicht mehr tun, was ich jetzt tun werde.

Ich löse meine Hand von ihrer warmen, feuchten Mitte und hebe sie an ihr Gesicht. Die andere folgt, doch als ich meine Handflächen an ihre Wangen legen will, weil November es so verdient – weil sie Zärtlichkeit und Vorsicht verdient –, wimmert sie und schüttelt den Kopf. Erneut will ich zurückweichen, doch sie greift nach meinen Händen. Eine legt sie an ihre Hüfte, die andere zurück an ihre Kehle.

»Er … ist immer zärtlich«, flüstert sie mit brüchiger Stimme und verrät damit, dass die Misshandlungen nie aufgehört haben. »Sei nicht zärtlich, Dante. Sei hart. Bitte. Ich ertrage es nicht anders.«

ACHT
WINTER

Er kämpft. Dante kämpft mit sich selbst, während ich endlich aufgegeben habe. Ich wehre mich nicht mehr gegen seine Stimme und die Hoffnung und das Gefühl von Zukunft. Der Funke, den er in mir entzündet hat, glüht, also lasse ich ihn mich wärmen und mit Leben füllen, weil ich keine Kraft mehr habe, um mich länger am Tod festzuklammern, während Dante mit aller Macht versucht, mich am Leben zu halten.

Es ist mir egal, wie falsch, verwerflich oder absolut verrückt es ist, aber alles zieht mich zu ihm hin. Zieht mich an und macht, dass ich ihn will, weil er der Erste ist, der mich nicht zu hassen scheint. Weil er mich nicht mit Abneigung ansieht. Und obwohl da jetzt doch Verlangen in seinen Augen brennt, ist es eine andere Art von Verlangen als die, die ich vierzehn Jahre lang erfahren habe. Es ist ungezügelter und mächtiger, aber dennoch rein und echt. Ebenso wie seine Berührungen. Sie sind grob und werden Male hinterlassen, doch der Schmerz erweckt mich zum Leben. Er lässt mich etwas empfinden und macht, dass ich Dante fühlen will. Ich will seinen Körper überall an meinem spüren und das Leben einsaugen, das er mir einzuhauchen versucht.

Zum ersten Mal habe ich das Gefühl, eine Wahl zu haben und dass etwas gut werden könnte. Ich kann es nicht beschreiben, aber Dantes Hände, die mich berühren und festhalten, fühlen sich so schrecklich gut an, dass ich mehr brauche. Ich brauche alles, was er bereit ist, mir zu geben, darum kann ich ihn nicht loslassen.

Die Spannung in meinem Körper baut sich mit jedem Atemzug mehr auf und will mich von innen zerreißen. Ich spüre meine eigene Lust, die sich zwischen meinen Schenkeln sammelt, und obwohl ich weiß, dass es falsch und verrückt ist, schert es mich nicht. Weil ich es nie zuvor so erlebt habe. Weil Dante der Erste ist, der meinem Körper diese Reaktionen entlockt. Weil er sich um mich sorgt und mich bei sich halten und am Leben wissen will.

»Dante … *Bitte*«, flehe ich erneut, und erschrecke nicht mal, weil die Worte meinen Mund verlassen. Ich habe keine Ahnung, wieso ich es plötzlich geschafft habe. Woher der Mut und die Kraft kamen, um tatsächlich zu sprechen, weil ich das seit Jahren nicht mehr getan habe, wenn Menschen um mich herum waren. Nur in der Stille der Einsamkeit habe ich leise geredet, um nicht zu vergessen, wie man die Silben formt.

Aber mit Dante ist es ganz einfach. Ich ärgere mich beinah darüber, dass ich so lange gewartet habe, weil es unbeschreiblich ist, mit jemandem zu sprechen. Doch sein Blick und seine Hände an meinem Körper lassen mir keine Möglichkeit, darüber nachzudenken. Seine Augen brennen sich so fest in meine, dass es beinah schmerzt, ihn anzusehen, und ich kann den Kampf sehen, den er mit sich ausficht.

Ich weiß noch immer nicht, wer er ist und warum er mich hergebracht hat. Aber ich fühle, dass er genauso besessen von mir zu sein scheint, wie ich es von ihm bin. Es sollte mir Angst machen, doch das tut es nicht. Im Gegenteil. Es beflügelt mich, weil seine Art der Besessenheit nichts mit Macht und Unterwerfung zu tun hat. Sie verletzt mich nicht und wird mich nicht zu Unaussprechlichem zwingen. Und vielleicht ist es krank, dass ich so empfinde, aber das lässt mich ihn noch mehr wollen. Ich brauche genau diese Besessenheit. Jetzt. Wenn er sie nicht über mir entfesselt, sterbe ich.

Ich lasse seine Hände los und flehe ihn mit meinen Augen an, dass er sie nicht mehr an meine Wangen legt. Dass er nicht sanft und vorsichtig ist, weil es das Schrecklichste an dem ist, was Victor immer tut. Weil er mich streichelt und liebevoll küsst und mir dabei zärtliche Worte ins Ohr flüstert, die ihn vermutlich mehr davon überzeugen sollen, dass es nicht unrecht ist, was er tut, als mich. Für mich sind diese Berührungen und Worte fast das Schlimmste. Sie schnitten sich über Jahre hinweg in meine Seele, während er sich meinen Körper nahm, und machten alles, was schön sein sollte, zu einem Grauen, das unerträglich ist.

Ich würde es nicht aushalten, wenn Dante so zu mir wäre.

»Küss mich«, bitte ich, weil ich diese Lippen endlich spüren muss. Ich muss den Mund, aus dem diese Stimme kommt, die mich gerettet hat, endlich an meinem fühlen, also greife ich erneut nach seinem Shirt und ziehe daran. »Küss mich, als würde ich sterben.«

Ein Knurren entweicht seiner Kehle. Der Griff seiner Hände wird fester. Die Fingerspitzen bohren sich in mein Fleisch, und als ich kaum noch Luft bekomme, prallen seine Lippen endlich auf meine.

Dante küsst mich nicht. Er *verschlingt* mich. Dabei plündert er meinen Mund mit seinem, stöhnt und presst mich noch fester gegen die Wand. Hart und beinah hasserfüllt raubt er mir den Verstand, als seine Zunge in meinen Mund eindringt und ihn in Besitz nimmt, als hätte er schon immer nur ihm gehört. Die Finger seiner Hand zucken um meine Kehle und gewähren mir etwas mehr Sauerstoff, bevor sie sich wieder enger darum schließen, bis mir ganz schwindlig wird.

Ich seufze, und er schluckt jeden Ton mitsamt meinem Atem und dem Todeswunsch, den ich in mir hatte. Jetzt ist da kein Tod mehr. Da ist nur noch Dante, der mich hochhebt und mein Bein um seine Hüfte legt. Ich schlinge das andere ebenfalls darum und klammere mich an ihm fest, wobei ich sein Verlangen zwischen meinen Schenkeln fühle. Meine Hände halten sich an seinen Schultern fest, und ich biege den Rücken durch, um noch mehr von ihm zu spüren, doch es ist nicht genug. Es reicht einfach nicht. Es ist zu wenig. Er ist nicht nah genug und ich brauche mehr und werde jeden Augenblick wahnsinnig, wenn er mich nicht endlich nimmt.

»Bitte.« Ich hauche es an seinem Mund, als er mir in die Lippe beißt, bis ich Blut schmecke.

Dante leckt es ab und antwortet mit einem Grollen, das mein Innerstes schmelzen lässt, bis ich aus nichts anderem mehr zu bestehen scheine als dem unbändigen Wunsch, ihn in mir zu spüren.

Ich lasse sein Shirt los und will nach seiner Hose greifen, doch er reagiert blitzschnell und packt meine Handgelenke. Für einen Atemzug lässt er von meinem Mund ab, um meine Arme über meinen Kopf zu bringen, und als ich die Augen öffne, ist jeder Funke Menschlichkeit aus seinen Iriden verschwunden. Sie verschlingen mich mit der Lust, die darin steht, und lassen mich aufkeuchen, als seine Lippen wieder auf meine krachen. Ich schmecke seine Verzweiflung und mein Blut, und es macht mich noch kopfloser, während Dante die andere Hand von meiner Kehle nimmt und zwischen uns greift. Kurz darauf reißt er den Slip von meinem Körper. Ich spüre, wie sich der Stoff in die Haut meiner Hüften schneidet, bevor er nachgibt und reißt, doch der Schrei, der mir vor Schreck entweichen will, wird zu einem Stöhnen, als ich Dantes Härte an meinem Eingang spüre.

Er zögert, hält inne und entfernt sich schwer atmend von meinen Lippen, um Luft zu holen, doch ich komme ihm zuvor.

»Es kann nichts passieren«, flüstere ich, und meine Stimme, die mir sowieso schon fremd ist, weil ich sie so selten höre, klingt jetzt noch unbekannter. Rau und atemlos und lustverhangen, obwohl ein winziger Schmerz durch mein Herz schießt, weil ich daran denke, wieso nichts passieren kann.

Dante fragt nicht weiter nach. Er ist zu sehr gefangen in seinem Verlangen nach mir, und so vergeht nicht eine Sekunde, bis er sich mit einem schnellen, tiefen Stoß in mir versenkt, wobei er meinen Aufschrei mit seinen Lippen schluckt und ich keine Luft mehr bekomme, weil seine Hand wieder an meine Kehle gleitet und zudrückt.

Es ist zu viel auf einmal, doch zugleich reicht es nicht. Ein einziger Stoß, und ich bin schon kurz davor, zu zersplittern, weil er sich so unglaublich anfühlt. Es ist ein schrecklich schöner Schmerz, der durch mich hindurchjagt, als er mich dehnt und für den Moment zu seinem Eigentum macht. Dabei küsst er mich, als würde sein Leben davon abhängen, und murmelt immer wieder Flüche an meinen Lippen, die sich mit meinem Namen vermischen. Dem Namen, den er mir gegeben hat. *Winter*. Ich weiß nicht, wieso er mich so nennt, aber es klingt so wundervoll und einnehmend aus seinem Mund, dass ich nichts anderes mehr hören will.

»Verdammt«, keucht er und legt seine Stirn an meine

Schulter, während er sich mit heftigen Bewegungen in mich rammt. »Das ist so falsch, Winter.«

Seine Zähne bohren sich in die Haut an meinem Schlüsselbein, bevor er mit der Zunge darüber leckt und den Schmerz zu etwas Sinnlichem macht. Die Fingerkuppen seiner Hand liegen in festem Griff um meinen Hals und lassen mir gerade genug Atem, um leise aufzustöhnen, als er immer tiefer in mich eindringt und einen Punkt in mir trifft, den ich nicht gekannt habe.

»Hör nicht auf«, bitte ich kaum hörbar, weil ich merke, wie sich etwas in mir aufbaut, das ich sonst nie auf diese Weise empfinden durfte. Es war immer ein Zwang; eine fremdbestimmte Sache, die ich nicht genießen konnte. Doch mit Dante in mir fühlt es sich an, als würde all das Schlechte in meinem Leben ausgelöscht werden, während sich eine Hitze in mir ausbreitet, die mir schwarz vor Augen werden lässt. »Hör … nicht auf …«

Sterne beginnen, hinter meinen geschlossenen Lidern zu tanzen, als Dante sich immer schneller und brutaler in mich rammt. Ich kann seine Erlösung in mir spüren; fühle, wie er bis auf den letzten Tropfen alles in mich pumpt und seine Hüften zucken, wobei er mich küsst und nicht aufhört, sich zu bewegen, bis ich sicher bin, mich jeden Moment in Nichts aufzulösen.

»Atme weiter, Winter«, befiehlt er und zieht meine Unterlippe kurz und brutal zwischen seine Zähne. »Atme für mich. *Atme.*«

Ich gehorche, und die Spannung in mir entlädt sich mit einer solchen Wucht, dass mir Tränen in die Augen schießen. Dante stößt weiter in mich und lässt mich die Welle auf sich reiten, bis ich nur noch aus Tränen, Erschöpfung und Freiheit bestehe. Ich bin frei, weil er mir soeben etwas geschenkt hat, das ich so nie erleben durfte, weil es mir genommen und zu etwas gemacht wurde, das grauenvoll und erbarmungslos war.

Mir wird augenblicklich klar, dass ich ihm irgendwie verständlich machen muss, dass es nicht falsch war. Es war das einzig Richtige, weil er mir damit Glück und Frieden und mein Leben geschenkt hat. Er hat mir gezeigt, wie es sein kann, und dafür werde ich ihm auf ewig dankbar sein, weswegen ich nicht zulassen kann, dass er sich hasst. Denn das wird er. Ich spüre es an der Art, wie sein Atem gegen meine Lippen stößt; wie seine Hände zittern, mit denen er mich noch immer festhält. Es liegt Reue darin. Schuld und Wut und Selbstverachtung. Er glaubt, es wäre ein Fehler gewesen, das zu tun, dabei war es das nicht. Es war das Berauschendste und Schönste, was je ein Mensch für mich getan hat, und ich werde die Spuren seiner Hände mit Stolz und Freude tragen. Weil er mir das Leben gerettet hat und sich um mich sorgt. Weil er die Mauer in meinem Kopf zum Einsturz gebracht und mir meine Stimme zurückgegeben hat. Weil er mich hält, ohne mich festzuhalten, und ich zum ersten Mal frei atmen kann.

Ich habe mich nie gefragt, ob man ein Monster lieben kann. Aber ich kenne die Antwort jetzt.

Man kann. Man kann sich in ein Monster verlieben, wenn man zulässt, dass es einem das Leben rettet.

»Jetzt du«, flüstere ich irgendwann, um Dante abzulenken, weil sein Zittern zu einem Beben geworden ist. Er wird jeden Augenblick brechen. Ich spüre es, auch wenn ich nicht erklären kann, woher ich diese Gewissheit habe, weil ich ihn doch gar nicht kenne. Aber ich *weiß*, dass er kurz davor ist, sich zu verlieren, und das kann ich nicht zulassen. Er hat mich aufgefangen, also muss ich jetzt das Gleiche für ihn tun. »Jetzt du, Dante.«

Wir stehen reglos an der Wand. Er ist noch in mir und ich kann fühlen, wie unsere Säfte an meiner Haut entlangfließen und zu Boden tropfen, doch es kümmert mich nicht. Es ist der Beweis für das, was wir getan haben, und es gibt keinen Grund dafür, sich dessen zu schämen, weil es wunderschön und welterschütternd war.

Als Dante sich nicht rührt, drehe ich den Kopf und küsse seine Schläfe.

Er gibt einen Laut von sich, der beinah schmerzerfüllt klingt, und seine Hand schließt sich wieder fester um meinen Hals, doch er macht mir keine Angst. Er *kann* mir keine Angst machen, weil ich weiß, dass das Monster in ihm mir nie schaden würde. Ich kann in seinen Augen erkennen, dass es da ist, ohne zu wissen, wozu es fähig ist. Aber ich erkenne auch, dass es sich wimmernd zusammenkauert, als Dante mich ansieht. Dass es Angst hat. Angst davor, mich zu verletzen.

Ich möchte meine Hände nach ihm ausstrecken und ihm versichern, dass es okay ist. Dass es mir nichts tun wird und ich es liebe, weil es mich gerettet hat.

»Das wird sich nicht wiederholen«, knurrt Dante an meinen Lippen, woraufhin ich kurz davor bin, etwas zu tun, das an Wahnsinn grenzt.

Ich hätte beinah gelacht.

Stattdessen bewege ich mein Becken und schließe mich enger um ihn, was ihn unterdrückt aufstöhnen und die Augen schließen lässt. »Es wiederholt sich bereits«, murmle ich und hole zitternd Luft, als Dantes Körper reagiert.

Er kommt mir mit seinem Becken entgegen, und die Reibung ist so exquisit, so extatisch … Doch dann zieht sich

Dante mit einer geschmeidigen Bewegung aus mir zurück, und die plötzliche Leere lässt mich wimmern.

»Es wird sich *nicht wiederholen*«, sagt er erneut. »Nicht so. Nicht auf diese Art.«

Ich will protestieren, aber er gibt meine Handgelenke frei und löst meine Beine von seinem Körper, um mich auf dem Boden abzustellen. Ich lehne mich weiterhin mit dem Rücken an die Wand, weil meine Muskeln mich noch nicht tragen wollen und mein Innerstes sich verlangend verkrampft, da es ihn schon jetzt vermisst.

Dante wendet sich ab und geht ins Bad, wobei er seine Hose schließt. Ich folge ihm mit den Augen und beobachte, wie er nach einem frischen Handtuch greift und es anfeuchtet, bevor er zu mir zurückkommt und vor mir auf ein Knie sinkt.

Mit angehaltenem Atem sehe ich auf ihn hinab, als er das Handtuch zwischen meine zitternden Schenkel führt und vorsichtig über meine erhitzte Mitte streicht. Die Geste ist so zärtlich, dass mir Tränen in die Augen steigen, weil ich die Berührung kaum ertrage. Meine Finger verkrampfen sich, und als Dante es merkt, weicht er sofort zurück und sieht zu mir auf.

»Scheiße … Tut mir leid«, sagt er mit verzerrter Stimme und sinkt auf seine Ferse. »Ich höre auf. Ich fasse dich nicht mehr an, Winter.«

Ich schüttle den Kopf und strecke meine Finger, doch die Erinnerung an all die Male, in denen Victor mich so berührt hat, rauscht durch mich hindurch, ohne dass ich etwas dagegen tun kann.

»*Fuck*.«

Dante sieht genauso hilflos aus, wie ich mich fühle. Er weiß nicht, was er tun soll. Weiß nicht, wie er mich auffangen soll, weil er mich nicht in den Armen halten kann. Nicht so.

Nicht behutsam und tröstend. Ich erkenne, wie Wut und erneute Verzweiflung in ihm aufsteigen, während mir stumme Tränen über die Wangen rinnen und wir uns ansehen.

Bis eben war alles gut. Alles war schön. Ich habe mich frei gefühlt und Dante war mir so nah. Aber jetzt … Jetzt holt mich die Vergangenheit wieder ein, und meine Wut darüber lässt noch mehr Tränen fließen, während ich reglos vor Dante stehe, dessen Kiefer sich anspannen, bis er das Handtuch zur Seite schleudert und sich vorbeugt.

Er packt mein Kinn mit erbarmungslosen Fingern. Seine andere Hand landet an meiner Taille, und der Schmerz, den sein Griff verursacht, reißt an mir. Mit beängstigender Kraft zerrt er mich auf seinen Schoß, bringt mein Gesicht an seins und dreht es gewaltsam, um mit seiner Zunge über meine Wange zu gleiten und die Tränen aufzufangen, die daran hinablaufen.

»Nicht weinen«, befiehlt er mit leiser Stimme, bevor er meinen Kopf dreht und auch die restlichen Tränen wegleckt.

Seine Fingerspitzen pressen sich so fest gegen meine Haut, dass ich mir sicher bin, weitere Spuren davonzutragen, doch der Knoten in meiner Brust, der mir die Luft zum Atmen nehmen wollte, löst sich ein wenig, weil Dante nicht mehr zärtlich ist. Weil seine Berührungen rau und schmerzhaft sind und somit ganz anders als das, was Victor immer getan hat. Weil er auf mich eingeht und will, dass es mir gut geht. Weil er sich um mich sorgt.

Er dreht meinen Kopf erneut, so dass ich ihm in die Augen sehen muss, und ist mir dabei so nah, dass sich sein Atem auf meinem Gesicht bricht. »Wage es nicht, zu weinen, Winter.«

Seine Worte versengen das Seil, das den Knoten um mich gebildet hat, und ich möchte augenblicklich wieder weinen, weil ich so erleichtert und dankbar bin. Weil er mich zurückgeholt hat und versteht, wie ich funktioniere. Er kämpft gegen seinen Selbsthass an, damit ich nicht in meiner Erinnerung ertrinke, obwohl ich in seinem Blick sehe, wie sehr er verabscheut, was er gerade tut. Ich sehe, dass es ihn alle Kraft der Welt kostet, mich so zu halten, obwohl ich weine, und das macht ihn für mich zum wertvollsten Menschen auf diesem Planeten.

Mit einem Grollen presst er seine Lippen auf meine, saugt daran und beißt mich erneut, bevor seine Hand in meinen Nacken gleitet und mich von ihm wegzieht. »Ich will keine Tränen in diesen Augen sehen. Hast du das verstanden?«

Mit bebendem Atem deute ich ein Nicken an, woraufhin er mich wieder an sich presst und noch einmal heftig küsst. Dann steht er auf, wobei seine andere Hand mich hält, und setzt mich auf der Bettkante ab, um sich sofort von mir zu entfernen.

Dass er plötzlich so weit weg ist, verursacht ein Ziehen in meiner Brust. Mir wird klar, wie kaputt ich bin, und ich sehe in seinen Augen die gleiche Erkenntnis. Es zerreißt uns, und ich weiß sofort, dass uns unzählige Kämpfe bevorstehen. Wir werden uns zerfleischen, weil ich Dante nur auf diese Art haben kann, sich jedoch alles in ihm dagegen sträubt, mich ein weiteres Mal so zu berühren. Es wird Krieg herrschen, weil ich das Monster in ihm brauche, er es aber nicht an mich ranlassen will. Es wird die Hölle auf Erden, und ich beginne, mir zu wünschen, dass wir uns nie begegnet wären.

Ich habe in Dante gefunden, wovon ich nicht mal zu träumen wagte, doch er verschließt sich schon jetzt vor mir und wird unerreichbar für mich.

Um der Panik in mir keinen Raum zu geben, rutsche ich nach hinten, ziehe die Beine an und schlinge die Arme darum. Es kümmert mich nicht, dass ich noch immer nur das Shirt trage, während ich die Leere, die sich in mir ausbreiten will, herunterzuschlucken versuche. »Jetzt du«, sage ich erneut mit brüchiger Stimme und erwidere seinen Blick. »Du hast es versprochen.«

Dantes Atem geht stoßweise, als er ein Kopfschütteln andeutet. Es ist kein Nein, sondern der Unglaube über das, was zwischen uns passiert. Er weiß nicht, was er tun soll, weil die Situation so ausweglos ist und er sich verbietet, mir zu geben, was ich brauche. Weil er wie ich die Schlachten sieht, die uns bevorstehen. Weil ihm bewusst ist, dass meine Vergangenheit unserer Zukunft im Weg steht.

Und dann wird mir klar, dass es nicht nur meine Vergangenheit ist.

Es ist auch seine eigene.

Alles an ihm schreit Gewalt und Tod und Härte. Er *ist* all das; weiß, wie man Angst schürt und Schmerzen zufügt. Ich habe es gespürt, als seine Hand an meiner Kehle lag und seine Zähne meine Haut durchstießen. Nichts davon ist ihm fremd, aber er verabscheut es, so zu mir zu sein. Er hasst es, mich zu verletzen, und dafür muss es einen Grund geben. So, wie es auch einen für meinen Todeswunsch gab.

Jetzt ist es an ihm, zu reden.

NEUN
DANTE

Gibt es einen schlimmeren Ort als die Hölle? Es *muss* einen geben. Einen Ort für Menschen wie mich. Für die Monster unter uns, die wissen, wie schrecklich falsch die Dinge sind, die sie tun. Und ich habe soeben einen Platz in der ersten Reihe dieses Ortes reserviert, weil ich Winter angerührt habe.

Dennoch sitzt sie vor mir und sieht mich aus Augen an, die mich glauben lassen wollen, dass es okay ist. Dass sie mir nicht nur vergibt, sondern sogar dankbar ist. Dass sie liebt, was wir getan haben, dabei ist das so schrecklich falsch!

Ich bin keinen Deut besser als dieser Wichser, der sich jahrelang an ihr vergangen hat. Selbst mit dem Wissen darüber, dass sie es nicht anders ertragen hätte, war es nicht richtig. Ich hätte sie niemals anfassen dürfen. Hätte ihr nicht nachgeben dürfen, als sie mich anflehte, nicht aufzuhören. Ich weiß nicht, was mich geritten hat. Und ganz egal, wie unglaublich sie sich angefühlt hat: Es wird sich nicht wiederholen. Vorher jage ich mir selbst eine Kugel in den Kopf.

Ich muss einen Weg finden, um diesen Überlebenswillen, der endlich in ihren Augen funkelt, zu erhalten, ohne sie in Gefahr zu bringen. Dabei ist sie das schon jetzt. Mit jeder Sekunde, die sie länger bei mir ist, wird die Zielscheibe auf ihrem Rücken größer. Weil sie lebt und in meiner Nähe ist. Sie sollte sterben, doch anstatt ihr das Leben zu retten, habe ich ihr Todesurteil unterzeichnet.

»Dante?«

Ihre Stimme bohrt sich in meinen Schädel und bereitet mir beinah körperliche Schmerzen, obwohl das gar nicht möglich ist. Ich schließe die Augen und senke den Kopf, um durchzuatmen.

Sie will Erklärungen. Will wissen, wer ich bin und wo sie ist. Und sie verdient die Antworten. Ich werde sie ihr geben, aber danach … Danach muss ich handeln. Ich muss sie in Sicherheit bringen, weil sie nicht hierbleiben kann. Sie kann nicht *bei mir* bleiben, und das ist so verdreht, weil ich daran zugrundegehen werde, wenn ich sie verliere. Aber sie ist einfach nicht sicher bei mir.

Fuck!

Was soll ich nur tun? Wie soll ich sie am Leben halten, wenn sie dem Tod bei mir am Nächsten ist?

»Ich sollte dich ermorden.« Es ist nicht die Erklärung, die sie haben wollte, aber ich muss irgendwo anfangen, und das erscheint mir wichtiger, als ihr zu sagen, was es mit den Tieren auf sich hat. »Mein Auftrag lautete, dich zu töten.« Die Stimme, mit der ich das sage, klingt tonlos und fremd, und als ich aufsehe, ist Winters Blick genauso verwirrt, wie ich mich fühle.

»Du solltest … Aber …«

»Es ist mein Job, Winter«, erkläre ich. »Ich töte Menschen.«

Sie sieht mich einige Sekunden schweigend an. Dann nickt sie, als wäre es das Normalste der Welt. »Okay«, sagt sie nur, woraufhin ich sie wieder packen und zur Vernunft bringen will, weil nichts daran *okay* ist.

Ihr Mundwinkel hebt sich ein winziges bisschen. Es ist verrückt, sie so zu sehen, weil sie vor einer Stunde noch wie tot schien, aber dann wird mir klar, dass es doch genau das war, was ich wollte. Ich *wollte*, dass sie lebt. *Ich* habe das getan, und jetzt komme ich nicht damit zurecht?

Ich bin so ein gottverdammter Heuchler …

»Du bist nicht das erste Monster in meinem Leben«, stellt sie leise klar und macht damit alles nur noch schlimmer, weil es die Wut in mir erneut schürt.

Ich wende mich ab und raufe mir die Haare. »Das ist … Wie kannst du da sitzen und so was sagen? *Wie*, Winter?«

Als ich mich ihr wieder zuwende, sieht sie mich mit offenem Blick an, sagt jedoch nichts.

»Du solltest weglaufen. Ich bin nicht dein Ritter in strahlender Rüstung, der auf einem weißen Pferd daherkommt!« Ich brülle die Worte beinah und laufe dabei vor dem Bett auf und ab.

»Ach nein?«, entgegnet sie und bringt mich damit dazu, innezuhalten und sie wieder anzusehen. Dann steht sie plötzlich auf und kommt auf mich zu.

Ich weiche vor ihr zurück. *Ich* weiche vor *ihr* zurück, und das ist so bizzar, dass es mir Angst macht. Ich habe panische Angst davor, dass sie erneut so von mir berührt werden will. Dass sie es wieder schafft, mich dazu zu bringen, grob und hart und brutal zu sein, dabei ist das das Letzte, was ich will.

Als ich die Wand an meinem Rücken spüre, halte ich den Atem an. Winter baut sich vor mir auf und sieht mir so geradeheraus in die Augen, dass es mich beinah in die Knie zwingt.

Wie kann dieses zarte, kleine, reine Wesen solche Macht über mich haben?

»Das hättest du dir überlegen sollen, bevor du mich tagelang hier eingesperrt hast, um mich am Leben zu halten«, macht sie mit leicht zitternder Stimme deutlich. »Oder bevor du mir die Rasierklinge abgenommen hast.«

Ich schlucke schwer, weil sie recht hat. Es ist falsch, mich so zu verhalten, aber ich weiß nicht, wie das funktionieren soll. Wie soll sie bei mir *und* am Leben bleiben? Ich kann nicht mal meine Hand an ihre Wange legen oder sie in den Armen halten, verdammt! Weil alles an uns beiden so verdreht ist, dass wir uns voneinander abstoßen wie zwei gleiche Pole eines Magneten, obwohl wir unzertrennbar wären, wenn sich einer von uns drehen würde. Aber das kann ich nicht. Ich kann sie nie wieder so packen; sie beißen und ihr die Tränen von den Wangen lecken, weil es grotesk ist und ich es nicht will. Ich will nicht so sein, ganz egal, wie gut es sich angefühlt hat. Ich kann nicht zu dem werden, was es aus mir macht, wenn ich es lieben würde, sie so zu behandeln.

Und sie kann es ebenso wenig. Ich kann nicht von ihr verlangen, dass sie Zärtlichkeit zulässt. Kann nicht erwarten, dass sie die Erinnerungen einfach aus ihrem Kopf und ihrer Seele streicht, weil das Leben so nicht funktioniert. Weil ihre Vergangenheit genauso tief in ihr verankert ist wie meine in mir.

Wir könnten einen Mittelweg finden, will mir eine Stimme weismachen, und beinah hätte ich aufgelacht, wenn es nicht so verrückt wäre.

Wieso ist mir das überhaupt so wichtig? Wieso ist *sie* mir so wichtig?

Gottverdammt … Ich will meinen Kopf gegen die Wand rammen, aber es würde nicht helfen. Es würde nichts an dieser Situation ändern, also starre ich einfach nur auf Winter hinab.

»Du bist der erste Mensch, mit dem ich seit vierzehn Jahren rede«, bringt sie leise hervor. »Nimm mir das nicht weg, Dante.«

Ich ertrage das nicht. Wenn ich länger hier stehen bleibe, zerreißt es mich. Und sie weiß es. Winter weiß, dass sie die Fäden in den Händen hält, die mich lenken. Ich erkenne es in ihren Augen, in denen sich erneut Tränen sammeln wollen. Da steht Angst in ihnen. Angst davor, dass ich sie von mir stoße.

Meine Hand hebt sich von allein und legt sich mit festem Griff an ihr Gesicht. Sie erzittert unter der Berührung, weil sie fürchtet, dass sie sie erneut in die Vergangenheit katapultiert, doch zugleich kämpft sie dagegen an, als mein Daumen harsch über ihre Wange gleitet.

»Ich sagte doch, dass ich keine Tränen sehen will«, murmle ich verzweifelt. »Ich kann dich nicht halten, Winter. Verdammt … Bitte hör auf zu weinen.«

Sie schluckt schwer und schließt die Augen, während ich machtlos dastehe und mich frage, wie es so weit kommen konnte. Was hat sich das Schicksal nur dabei gedacht?

Doch dann wird mir klar, dass es für Winter nie anders sein würde. Es ist egal, wer sie gerettet hätte – sie hätte immer diese Vergangenheit gehabt, auch ohne mich. Aber das ändert nichts daran, dass sie bei mir nicht sicher ist. Wie sehr auch immer ich versuche, sie zu beschützen: Sie spielt mit dem Tod, wenn sie hierbleibt. Denn sobald rauskommt, dass sie am Leben ist, wird derjenige, der mich beauftragt hat, alles dafür tun, sie sterben zu sehen.

Dass sie gerade einer der meistgesuchten Menschen des Landes ist und jeder ihr Gesicht kennt, macht es nicht leichter, die richtige Entscheidung zu treffen. Aber ich kann sie nicht hier verstecken; kann sie nicht festhalten, jetzt, wo sie endlich wieder leben will. Ich würde sie der Freiheit berauben, die sie haben könnte, und das bringe ich nicht über mich.

Zum ersten Mal kommt mir der grauenvolle Gedanke, dass ich hätte abdrücken sollen. Ich hätte den Abzug betätigen und den Auftrag ausführen sollen, wie es von mir erwartet wurde, weil die Realität, die sich vor mir ausbreitet, so verworren ist. Winter wird nie frei sein. Es wird immer ihre Vergangenheit und mich geben. *Immer*.

Meine Hand schließt sich fester um ihr Gesicht, und ich erkenne in ihren Augen, dass ich ihr wehtue. Es wäre nur eine kleine Bewegung. Ein Ruck, und dieser wunderschöne Hals würde brechen. Das Knacken würde mich bis ans Ende meiner Tage verfolgen, aber sie wäre wahrhaftig frei. Winter wäre befreit von allem, wenn ich meine zweite Hand an ihr Gesicht legen und ihr das Genick brechen würde. Es wäre so einfach …

»Dante?«

Ihre Stimme erreicht mich beinah nicht, und als ich blinzle, erschrecke ich, weil ich ihren Kopf mit beiden Händen umfasse.

Abrupt lasse ich sie los, als hätte ich mich an ihr verbrannt, und stürme aus dem Zimmer.

Ich hätte sie gerade fast umgebracht. Ich war kurz davor, November zu töten. *Winter* zu töten. Winter, die ich doch unbedingt lebendig sehen wollte. Die etwas in mir berührt, das mir fremd ist und Angst macht. Die eine Macht über mich hat, die niemand über einen anderen Menschen haben sollte, und die sie für mich zu etwas gemacht hat, das mein Untergang ist.

Kopflos flüchte ich aus dem Haus und laufe an Robin vorbei, der gerade den Schäferhund füttert. Er sieht auf und ruft nach mir, aber ich ignoriere ihn und eile durch die Stallgasse. Ich weiß nicht mal, wohin ich will. Wichtig ist nur, dass ich so weit wie möglich von ihr weg komme, da ich sie sonst entweder töte oder nie wieder gehen lasse, und beides ist absolut undenkbar.

Robin sitzt auf der Veranda, als ich zurückkomme. Es ist bereits dunkel, doch ich kann selbst im fahlen Licht der Außenbeleuchtung erkennen, dass er angepisst ist. Erst glaube ich, dass etwas mit Winter passiert sein könnte, doch bevor ich auch nur die Chance dazu habe, ihn zu fragen, steht er auf, holt aus und rammt mir die Faust ins Gesicht.

»Was stimmt nicht mit dir, du kranker Bastard?«, will er wissen und schüttelt dabei seine Finger aus.

Ich hebe meine Hand und bringe sie an meinen Mund. Blut läuft aus meiner Nase und auf meine Oberlippe, aber ich spüre den Schmerz nicht. Robin weiß, dass dieser Schlag sinnlos war, und nur die Tatsache, dass er es war, der zugeschlagen hat, hält mich davon ab, ihm ebenfalls eine zu verpassen.

Mit der Zunge lecke ich das Blut ab, während ich meine Nase betaste.

Der Wichser hat sie mir gebrochen.

Anstatt darauf einzugehen, wische ich das übrige Blut mit dem Handrücken ab. »Wie geht es ihr?«

Er lacht freudlos auf. »Ich weiß es nicht«, blafft er. »Sag du es mir. Immerhin hast du weiß der Teufel was mit ihr gemacht. Nur weil *du* keine Schmerzen fühlst, gilt das noch lange nicht für Nov–«

»*Winter.*«

Er stockt und legt den Kopf schief. »Was?«

»Winter. Sag ihren echten Namen nicht mehr. Nie wieder. Ich will ihn nicht hören«, bringe ich drohend hervor, ohne zu wissen, woher dieser Wunsch kommt. Aber ich ertrage diesen Namen, den ihre Eltern ihr gegeben haben, nicht. Den Namen, den *er* vermutlich immer benutzt hat, wenn er bei ihr war.

Sie muss mir diese andere Geschichte nicht erzählen. Ich ahne bereits, dass ihre Eltern wussten, was geschehen ist, und die Tatsache, dass sie nichts dagegen unternommen haben, hat sie direkt zu Victor auf die Liste der Menschen katapultiert, die sterben werden, sobald ich weiß, was ich mit Winter mache.

Robin sieht mich an, als würde er mich nicht kennen. Und ich kann es ihm nicht verübeln, denn ich erkenne mich selbst nicht mehr. »Sie ist okay. Aber du ... Rede mit mir, Dante. Lass es mich verstehen, denn ich bin mir gerade nicht sicher, ob ich dich noch mal in ihre Nähe lassen sollte, weil ich befürchte, dass du sonst etwas tust, das du bereuen könntest.«

Ich nicke. »Lass mich erst meine Nase richten. Das war jetzt schon das vierte Mal, dass du sie mir gebrochen hast.«

Der Anflug eines Grinsens erscheint auf seinen Lippen. »Und du hast es jedes Mal verdient.«

»Fick dich, Robin. Irgendwann schneide ich dir dieses Grinsen aus dem Gesicht.«

Er nimmt meine leere Drohung mit einem Kopfschütteln hin und schlägt mir auf die Schulter, als er mir ins Haus folgt.

· · ·

Ich habe ihm nicht alles erzählt. Es wäre falsch gewesen. Wenn Winter will, dass er es weiß, wird sie es ihm sagen. Es ist ihre Geschichte, und ihr wurde schon zu viel genommen.

Leider sind Halbwahrheiten kaum ausreichend, um auch nur annähernd zu verdeutlichen, was passiert ist. Es wundert mich also nicht, dass Robin mich mit Unverständnis ansieht, als ich fertig bin.

Meine Nase blutet noch immer, und ich befürchte, dass er diesmal einen Knochensplitter in ein Blutgefäß gerammt hat. Ich werde also wohl oder übel zu Amanda gehen müssen, damit sie sich das ansieht, weil das gerade ein denkbar schlechter Zeitpunkt ist, um zu verbluten. Nicht, dass mir viel an meinem Leben läge, aber es ist nun mit dem von Winter verwoben, und es widerstrebt mir, sie alleinzulassen.

»Ich nehme an, dass das nur die Spitze des Eisbergs ist und ich es vielleicht verstehen könnte, wenn du mehr sagen würdest, was du aber nicht tun wirst«, fasst Robin zusammen.

»Exakt.«

Er nickt abwesend. »Und Winter? Was hast du mit ihr vor? Jemand will sie tot sehen. Du hast damit –«

»Denkst du, das weiß ich nicht?«, falle ich ihm wütend ins Wort. »Ich mache das seit fünfzehn Jahren. Sie ist eine wandelnde Tote, solange sie sie ist.« Ich lasse den Kopf hängen und reibe mir mit beiden Händen über das Gesicht.

»Du verteilst gerade …«

»Ich hab's gemerkt«, gebe ich mürrisch zurück und wische das Blut an meiner Hose ab. »Du bist echt ein Wichser.«

»Möglich. Aber ich bin der Einzige, auf den du dich verlassen kannst, also überleg dir gut, ob du deinen Mordgelüsten nachgibst.«

Verdammt. Er hat recht. Ohne ihn müsste ich hier alles

allein machen, und wir schaffen es zu zweit schon kaum, uns darum zu kümmern, dass niemand zu kurz kommt. Ich werde ihn also am Leben lassen müssen. Erst recht jetzt, mit Winter, die mich einnimmt und mir das Hirn vernebelt.

ZEHN
WINTER

Robin kam ins Zimmer gestürmt, kurz nachdem Dante vor dem geflüchtet ist, was in seinem Kopf vorging. Mit ihm fiel mir das Reden nicht ganz so leicht, doch ich schaffte es, ihm zu sagen, dass es mir gut geht, wobei ich mir die Bettdecke umlegte, weil ich noch immer halb nackt war und er sich dabei sichtlich unwohl fühlte.

Als er auf dem Stuhl Platz nehmen wollte, um wie in den letzten Tagen auf mich aufzupassen, wäre mir beinah ein Lachen entwichen. In Robins Blick tauchte noch mehr Verwunderung auf, also zwang ich mich dazu, zu sprechen.

»Ich … will mich nicht mehr umbringen«, sagte ich leise, woraufhin er mich eine lange Zeit musterte.

»Dante wird mich einen Kopf kürzer machen, wenn du es versuchst, während ich auf dich hätte aufpassen sollen«, erklärte er und lehnte sich mit vor der Brust verschränkten Armen zurück.

»Dante ist derjenige, der mich alleingelassen hat«, stellte ich daraufhin klar, und es schien ihm zu reichen.

. . .

Inzwischen habe ich verstanden, wieso das Bettzeug hier nicht kratzig ist. Warum es nicht auf meiner Haut scheuert und sich nicht wie Sandpapier anfühlt.

Weil das hier nicht *mein* Bett ist.

Es ist nicht der Ort, an dem Victor immer zu mir kam, und vermutlich ist das auch der Grund dafür, dass ich hier besser schlafe. Sogar so tief, dass ich nicht gemerkt habe, dass Dante ins Zimmer gekommen ist und sich auf den Stuhl neben dem Bett gesetzt hat, um mich zu beobachten. Doch als ich die Augen aufschlage, ist es nicht die Verwunderung über meine Unachtsamkeit, die mich nach Luft schnappen lässt, sondern Dantes Anblick.

Seine Nase ist geschwollen. Unter seinem linken Auge blüht ein dunkler Schatten, der vermutlich denen ähnelt, die seine Finger auf meinem Körper hinterlassen haben, aber um einiges schmerzhafter aussieht.

Ich setze mich auf und krabble an den Rand des Bettes, um mich hinzuknien und die Hand nach seinem Gesicht auszustrecken. »Was ist passiert?«, frage ich leise, als meine Fingerspitzen über das dunkle Violett streichen, bevor ich sie zurück ziehe. »Tut mir leid. Ich wollte nicht –«

»Schon gut«, beruhigt er mich. »Robin ist passiert. Aber es tut nicht weh.«

Es *muss* wehtun, also lasse ich meine Hand sinken, woraufhin wir uns schweigend ansehen, bis es mir nicht mehr reicht, ihn nur zu betrachten.

»Komm her«, bitte ich ihn und will zurück in die Mitte des großen Bettes rutschen, doch Dante schüttelt den Kopf, während sich seine Miene verhärtet.

»Nein. Nicht nach gestern.«

Ich verziehe den Mund. »Lass es mich versuchen.«

Den ganzen Tag habe ich seine Berührung vermisst. Nachdem er wie von Sinnen geflüchtet ist, bereute ich es fast, ihn so gedrängt zu haben. Diese Situation ist für ihn vermutlich viel schwerer zu ertragen als für mich, weil ich es gewohnt bin, die Dinge so anzunehmen, wie sie kommen. Ich habe gelernt, mich nicht gegen das zu stellen, was das Schicksal mir liefert, weil es einfacher ist, es zu akzeptieren. Also hinterfrage ich nicht, warum Dante diese Wirkung auf mich hat. Es wäre sinnlos, weil ich mich nicht dagegen wehren werde. Dafür ist es zu wichtig. Es ist zu essenziell, weil er mich gerettet hat und mich ansieht, als wäre ich das Wertvollste auf der Welt.

Aber *er* kann das nicht. Ich erkenne die Ratlosigkeit in seinem Blick. Die Fragen nach dem Warum und vor allem nach dem Wie. Er weiß nicht, was er tun soll, weil er Angst hat vor dem, was es mit sich bringt. Zugleich ist da aber auch eine Zerrissenheit, weil er von mir genauso eingenommen wird wie ich von ihm. Und das treibt ihn in den Wahnsinn.

»Komm«, flehe ich erneut. »Bitte, Dante.«

Es ist nicht fair, auszunutzen, dass er beim Klang seines Namens beinah in die Knie geht. Ich habe es schon gestern gemerkt, als ich ihn das erste Mal ausgesprochen habe.

Offensichtlich hat meine Stimme eine ähnliche Wirkung auf ihn wie seine auf mich.

Wortlos steht er auf. Das maßgeschneiderte Hemd, das er trägt, spannt sich um seinen Oberkörper, als er sich neben mich auf das Bett legt. Die pechschwarzen Schuhe behält er an und bildet somit einen krassen Kontrast zu mir, da ich weiterhin nur Shirt und Slip trage. Er dreht sich auf die Seite und sieht mich an, als wäre ich ein verlorener Schatz, während ich es ihm gleichtue. Unsere Blicke verhaken sich ineinander, und ich greife blind nach seiner Hand.

»Winter ...«

Beim Klang seiner Stimme schließe ich die Augen, während mein Herzschlag sich beschleunigt, weil ich seine Finger an mein Gesicht bringe. Ich will es versuchen. Will wissen, ob ich es nicht doch irgendwie ertragen kann, wenn er mich sanft berührt, weswegen ich die Zähne fest zusammenbeiße.

Als seine Fingerkuppen über meine Wange streichen, lasse ich seine Hand los. Es ist so intensiv und verwirrend, dass ich weinen möchte, doch ich halte die Tränen mit aller Macht zurück, weil ich weiß, wie sehr sie ihn zerstören.

Vorsichtig fährt er an meiner Kieferlinie entlang und über die drei kleinen blauen Flecken, die sein Griff am Tag zuvor verursacht hat. Ich zwinge mich dazu, die Augen zu öffnen. Sein Blick ist auf seine Hand gerichtet, die sich nun sachte an meine Haut legt und mir alles abverlangt, was ich an Kraft besitze.

Victor hat es immer genauso gemacht. Er hat mich gestreichelt, mir dabei ins Ohr geflüstert und mir damit eine Foltermethode zuteilwerden lassen, die jeden körperlichen Schmerz übertrifft. Nichts war so grauenvoll wie seine Zärtlichkeit. Nicht die ersten Male. Nicht die schrecklichen *Spielzeuge.* Nicht einmal der Eingriff, der an mir vorgenommen wurde.

Dantes Berührung ist kaum zu ertragen, aber ich halte sie aus. Selbst als er näher rückt und seine Arme um mich legt, um mich an sich zu drücken, versuche ich es, aber nach ein paar Augenblicken wird es zu viel. Er ist zu nah und zu sanft. Ich will schreien und ihn wegstoßen, doch ich schaffe es nicht. Da ist keine Kraft in meinem Körper. Er blockiert, ebenso wie meine Stimme, die mir wieder abhandenkommt, weil sich

Dantes Umarmung in meinem Kopf zu sehr nach *seiner* anfühlt.

Stumme Tränen laufen unaufhaltsam aus mir heraus, während die Muskeln in meinem Körper erschlaffen, weil es so immer weniger schmerzte. Zugleich zerreißt mich die Hilflosigkeit, da ich es so gern will. Ich will, dass Dante mich so halten kann, weil da etwas ist, das mir sagt, dass er mich sonst nie wieder halten wird. Dass er sich von mir abwenden oder mich gar wegschicken wird, weil er es nicht erträgt, mich so zu berühren, wie ich es brauche.

»Winter?« Seine Stimme ist tief und rau, und erst als ich merke, dass sein Griff sich verhärtet, wird mir klar, dass er immer wieder meinen Namen sagt.

»Winter Baby … Komm zurück«, murmelt er verzweifelt und presst mich dabei so fest gegen seine Brust, dass ich kaum noch atmen kann. Doch es hilft nicht. Es reißt mich nicht aus der Vergangenheit, also lässt er mich los, schiebt sich von mir und packt mein Gesicht mit beiden Händen.

»Keine Tränen«, knurrt er außer sich. Als ich die Augen noch immer fest zusammenpresse, geht ein Grollen durch ihn, bevor sich sein Mund gewaltsam auf meinen legt.

Er saugt meine Unterlippe zwischen die Zähne und lässt seine Zunge in seinem Mund daran entlanggleiten, während sich seine Finger gegen meine Kopfhaut pressen und der Druck, den er damit aufbaut, mich innerlich aufatmen lässt. Doch erst, als seine scharfen Schneidezähne erneut die dünne Haut meiner Lippe durchdringen und er das Blut aufsaugt, zerbricht die Erinnerung, und ich schnappe nach Luft.

Sofort lässt er von mir ab und sieht mich schwer atmend an, als ich die Augen langsam öffne.

»Tut mir leid«, murmle ich, doch es scheint ihn nicht zu beruhigen. Ganz im Gegenteil. Es macht ihn rasend und führt dazu, dass der Griff um meinen Kopf noch schmerzhafter wird.

»Wie soll das gehen, Winter?«, verlangt er verzweifelt zu wissen. »Wie soll ich dich anfassen, wenn du mir nicht mal sagen kannst, wann es zu viel ist?«

»Ich weiß es nicht«, erwidere ich mit brüchiger Stimme und versuche, die nächsten Tränen zurückzuhalten. Tatsächlich gelingt es mir irgendwie, weil ich mich so in Dantes Blick verliere.

»Du musst … Wir brauchen etwas. Ein Safeword. Etwas, das du tun kannst, wenn du es nicht mehr erträgst.« Die Worte kommen kaum hörbar aus ihm heraus, als würde er mit sich selbst reden. Als wollte er sie gar nicht aussprechen. Doch als ich die Idee begreife, erscheint sie mir gleichermaßen verrückt wie naheliegend.

»Du kannst nicht reden, wenn du abdriftest«, mutmaßt er und streicht dabei versuchsweise über meine Wange.

Sofort schließen sich meine Augen wieder, doch ich schaffe es, zu nicken. Er hat recht: Wenn es zu viel wird, versagt meine Stimme.

»Also kein Wort.« Sein Daumen gleitet über meine Lippe und fährt nun beinah hart über die kleinen Male, die seine Zähne hinterlassen haben. Der Schmerz erdet mich sofort, und ich weiß, dass es an Wahnsinn grenzt, doch das ist mir egal. Wenn Schmerz die einzige Möglichkeit für mich ist, Dante zu fühlen, werde ich ihn mit offenen Armen empfangen und lieben.

»Du wirst blinzeln. Oft. Und wenn ich es nicht sehen kann, wirst du mit den Fingern schnipsen.« Es ist deutlich zu hören, dass diese Chance für ihn genauso wahnwitzig ist wie für mich, aber seine Besessenheit würde ihn vermutlich alles versuchen lassen. Genauso, wie ich alles tun würde, um ihm nah sein zu können.

Seine Finger lösen sich von meiner Kopfhaut und streichen durch mein Haar. Er öffnet vorsichtig den Zopf und lässt seine Hand immer wieder durch die Längen gleiten, bis ich glaube, zu zerspringen.

Ich öffne die Augen, um wie von ihm befohlen zu blinzeln, doch sein Blick ist auf seine Hand gerichtet; auf die Fingerkuppen, die meine Kopfhaut streifen und sich dabei so schrecklich anfühlen, dass sich meine Lider wieder schließen. Also lockere ich meine Finger, die sich zur Faust geschlossen haben, und schnipse. Einmal, zweimal, bis ich es richtig hinbekomme und es deutlich zu hören ist.

Augenblicklich verschwinden Dantes Finger aus meinem Haar. Auch die andere Hand zieht er zurück, und so fühle ich nur noch seinen Atem auf meinem Gesicht, während ich selbst tief Luft hole und sich entgegen allem, was gesund und klug ist, ein leichtes Lächeln auf meine Lippen schleicht.

Langsam öffne ich die Augen und sehe direkt in das Braun seiner Iriden. »Jetzt gibt es keine Ausreden mehr«, sage ich und kann förmlich dabei zusehen, wie sich Dantes Gesicht versteinert und blanker Horror in seine Augen tritt.

»Das nimmt kein gutes Ende.« Er flüstert die Worte kaum hörbar, doch dann schnellt seine Hand wieder nach vorn, bevor er mich packt und meine Lippen mit solcher Wucht gegen seine prallen, dass ich Blut auf meiner Zunge schmecke.

Nein. Vermutlich wird es kein gutes Ende nehmen, aber auch das ist mir egal. Es kümmert mich nicht, solange Dante mich berührt und ich bei ihm sein kann. Solange er mich das Leben schmecken lässt, gehe ich gern dabei unter.

Meine Hände gleiten an seinem Oberkörper entlang,

während Dante seine Zunge beinah gewaltsam zwischen meine Lippen drängt und meinen Mund in Besitz nimmt. Ich suche nach den Knöpfen seines Hemdes und reiße daran, weil meine Finger es nicht schaffen, sie zu öffnen. Dante knurrt, als die Fäden endlich nachgeben und ich seine erhitzte Haut berühre, die sich über die harten Muskeln seiner Brust spannt. Ich spüre das Zucken und Beben, das ihn durchläuft, und erschaudere selbst dabei, weil es das erste Mal ist, dass ich jemanden so fühle.

Ziellos streichen meine Hände über seinen Oberkörper, ertasten jede Wölbung und hinterlassen Spuren, als ich mit den Fingernägeln darüberfahre, während Dantes Hand an meine Kehle gleitet und mir Schwindel verursacht. Ich keuche an seinem Mund, doch er verschließt ihn sofort mit seinem, so dass mir nichts bleibt, als seinen Atem in meine Lunge aufzunehmen und mich von ihm durchströmen zu lassen.

Aber es reicht nicht.

Dante scheint genauso in dem Nebel aus Erregung zu versinken wie ich. Ohne Vorwarnung packt er mich und wirft mich auf den Rücken, um sich zwischen meine Schenkel zu knien, die sich wie von selbst für ihn öffnen.

Ich hebe die Lider und beobachte, wie er sich das Hemd vom Körper reißt, wobei sein Blick so lodernd auf mich gerichtet ist, dass mir das Herz stehen bleiben will.

Er hat sich nicht mehr unter Kontrolle, und ich sauge seinen Wahn in mich auf, während ich seinen nun nackten Oberkörper bewundere.

Alles ist voller Motive. Es gibt kaum eine Handbreit, die nicht mit schwarzer Tinte bedeckt ist, und obwohl den Bildern jegliche Farbe fehlt, sind sie alle lebendig und fesseln meinen Blick.

»Du musst mir etwas versprechen, Winter.«

Dantes Stimme reißt meine Aufmerksamkeit von den

Tattoos, den Muskeln und der gebräunten Haut weg. Ich sehe ihm wieder in die Augen, in denen eine Zerrissenheit steht, die mir beinah körperliche Schmerzen bereitet.

»Alles«, sage ich sofort, weil es gar keine andere Antwort darauf gibt, auch wenn sie ihm Angst zu machen scheint.

Seine Hand legt sich an die Außenseite meines Oberschenkels. Fest und bestimmend graben sich die Finger in meine helle Haut und halten mich bei ihm. »Erlaube mir nicht, dich zu verletzen«, fleht er kaum hörbar und mit einem Zittern in der Stimme, das mir fast das Herz bricht. »Du weißt nicht, wozu ich fähig bin, Winter. Also erlaube mir nicht, die Grenze zu überschreiten.«

Er schluckt sichtlich schwer, und ich sehe wieder diese Panik in seinen Augen. Er fürchtet sich so sehr davor, mir wehzutun, dass ich meine Arme um ihn schlingen und die Angst aus ihm rausküssen will. Stattdessen deute ich ein Kopfschütteln an. »Du kannst mich nicht verletzen, Dante«, mache ich ihm deutlich. »Nicht, solange ich es nicht zulasse.«

ELF
DANTE

Sie wird mich umbringen. Winter hat die Macht, meine Existenz auszulöschen und mich endgültig sterben zu lassen. Erst recht, wenn sie solche Versprechungen macht.

»Das hättest du nicht sagen dürfen, Baby«, murmle ich drohend, wobei ich sie mit meinem Blick verschlinge und dabei an meinen Unterschenkel greife, um das Messer aus dem Holster zu ziehen, das daran befestigt ist.

Die Morgensonne bricht sich auf der Klinge, als ich mit der Fingerkuppe darüberstreiche, doch Winters Augen sind nicht panisch. Sie folgen meiner Bewegung, wobei sie sich kaum sichtbar mit der Zunge über die Lippen leckt.

Es sollte mir noch mehr Angst machen, dass sie nicht zurückschreckt, doch ich habe nicht die Kraft, mich noch zu kontrollieren.

Ich lege die Klinge an ihren Oberschenkel und lasse sie langsam an der Innenseite nach oben gleiten. Winter zuckt nicht zusammen. Nicht einmal, als ich das Messer drehe, so dass die scharfe Spitze sich in ihre Haut bohrt und sie letztendlich durchsticht. Der Blutstropfen, der aus dem Schnitt dringt, hebt sich auf grotesk schöne Art von ihrer weißen Haut ab, als er daran herunterläuft, und lässt mich so hart werden, dass ich ein Aufstöhnen unterdrücken muss.

Da ist etwas an dem Anblick von Blut, das einen Körper verlässt, was mich fasziniert. Wie es aus einer Wunde tritt und damit das Leben langsam, aber sicher aus einem Menschen fließen lässt, bringt mein eigenes Blut zum Singen. Es ist wunderschön, und Winters Blut fließen zu sehen, ist das Umwerfendste, was ich je beobachten durfte. Weil sie es mir erlaubt. Weil sie mir vertraut und zulässt, dass die Klinge weiter ihren Oberschenkel hinaufgleitet, wobei sie eine Spur aus kleinen Rubinen hinterlässt, die an ihrer Haut entlangkullern.

Ich beuge mich vor und streiche mit der Zunge über den Schnitt. Diesmal kann ich das Stöhnen nicht zurückhalten, und als ich den Blick hebe und in Winters Augen sehe, schaut sie mich an, als wäre ich ein Traum. Für sie bin ich nicht das Monster, das ich in mir trage, sondern der erste Mensch, der ihr gibt, was sie will. Ich erkenne es in ihren wolkenblauen Iriden. Ich bin für sie genauso eine Obsession, wie sie es für mich ist. Wir sind unser beider Untergang, dennoch weichen wir nicht voreinander zurück, und das wird verdammt noch mal kein gutes Ende nehmen.

Ihre Hand hebt sich und fährt in mein Haar, als ich die letzten Blutstropfen von ihrer zarten Haut lecke und dann meine Zähne in ihrem Oberschenkel versenke. Das Keuchen, das ihr daraufhin entweicht, fährt mir direkt in den Schwanz, aber dieses Mal werde ich mir Zeit lassen.

Das gestern war eine Verzweiflungstat. Es war kein Sex, und wir haben erst recht keine Liebe gemacht. Es war purer Hass, der sich aus uns entladen hat. Hass auf die Männer, die unsere Leben so zerstört haben, dass wir vermutlich auf ewig darunter leiden werden. Hass auf das, was sie aus uns gemacht haben. Hass auf unsere Ängste und die Dämonen, die uns quälen und in Ketten legen.

Aber heute werde ich Winter genießen. Ich werde sie verehren und jeden Zentimeter von ihr zu meinem Eigen machen, wenn sie mich lässt. Dennoch verabscheue ich mich dafür, dass ich das Messer jetzt an ihrem anderen Schenkel in ihrem Fleisch versenke und auch dieses Blut koste. Obwohl es mich in Ekstase versetzen mag, wie ihr Leben auf meiner Zunge prickelt, ertrage ich es zugleich kaum, weil es falsch ist.

Das ist eine Seite von mir, an der nichts begehrenswert ist und die Winter nicht verdient. Sie verdient Zärtlichkeit und Vorsicht und Liebe. Zugleich weiß ich aber, dass sie nichts davon zulassen kann, und ich entlade meine Wut darüber an ihrem Slip, indem ich mit der Messerklinge darunterfahre. Winter wimmert leise, als das Metall sie streift, und ich nehme diesen schrecklich schönen Klang auf, als würde unser beider Überleben davon abhängen.

Langsam drehe ich das Messer, bringe es an den rechten Seitensteg des Slips und ziehe damit an dem Stoff. Er spannt sich um die Klinge und schneidet in Winters weiße Haut ein, an der ich die Spuren vom Vortag erkennen kann. Von dem Moment, in dem ich das Kleidungsstück wie von Sinnen von ihrem Körper gerissen habe, weil ich so verzweifelt und hilflos war.

Doch jetzt bin ich ganz ruhig. Langsam und mit Bedacht dehne ich den Stoff. Beobachte, wie er sich in ihre Hüften frisst, bis das Material auf der scharfen Klinge nachgibt und sich mit einem wundervollen leisen Geräusch teilt, um dann schlaff zurückzuspringen.

Ich wiederhole die Prozedur an der anderen Seite, bis der

Slip in Fetzen liegt und ich alles von Winter sehen kann. Weich und zart und vor Nässe glänzend liegt sie vor mir und entlockt mir ein kehliges Stöhnen. Ihr Anblick lässt das letzte bisschen Vernunft in mir zu Staub zerfallen und sprengt die Ketten, die mich noch zurückgehalten haben.

»Sieh dich an«, murmle ich und fahre mit der Klinge sachte über ihre geschwollenen Schamlippen. »So feucht … So wunderschön und feucht …«

Winters Körper erzittert, als ich das Messer drehe, so dass die scharfe Seite nach oben zeigt, damit ich sie nicht schneide, als ich ihre Lippen damit teile, um ihre ganze Schönheit zu betrachten.

Ich kann ihren schnellen Atem hören, und ein Teil von mir will mir weismachen, dass ich zu weit gehe, doch ich kann nicht aufhören. Sie hat mich verflucht; hat gemacht, dass ich den Verstand verliere und zu einem noch viel schlimmeren Monster werde, als ich jemals gedacht hätte. Doch ich ignoriere diesen Teil, der mich aufhalten will, und fahre mit dem Daumen über ihre Mitte. Als ich ihn danach an meinen Mund führe und ablecke, sehe ich in Winters Gesicht. Ihre Lippen sind leicht geöffnet, während sie schwer atmet und mir zugleich mit ihrem Blick zeigt, wie sehr sie das hier will. Ich kann es in dem Wolkenblau lesen, und es lässt meine Mundwinkel zucken, als ich das Messer drehe und es mit einer schnellen Bewegung an ihrer Schamlippe entlanggleiten lasse.

Winter schnappt nach Luft, gibt aber keinen Laut von sich, während sich unsere Blicke ineinanderbrennen. Auch als ich den Kopf senke und mit der Zunge über den Schnitt lecke, sehen wir uns an, doch dann vermischt sich das Blut mit ihrer Erregung, und es schmeckt so exquisit, dass ich die Augen schließen muss.

»Fuck, Winter«, stoße ich keuchend aus, bevor ich ein

weiteres Mal mit der Zunge über sie gleite und jeden Tropfen ihrer Nässe aufnehme.

Ihre Finger verwüsten meine Haare und zerren mich zu sich, weil sie nicht genug kriegen kann. Ich schließe meinen Mund um sie und sauge, tauche mit der Zunge in sie ein und koste sie, als wäre sie eine unbezahlbare Delikatesse. Ein Stöhnen dringt über ihre Lippen, und ich kann fühlen, wie sie sich um meine Zunge herum verkrampft.

»Mhh … Noch nicht, Baby«, murmle ich gegen ihr erhitztes Fleisch und beiße dann sanft in ihren Kitzler, was sie aufschreien lässt. »Ich fange doch gerade erst an.«

Wieder und wieder lecke ich über ihre Lippen, beiße zu, schiebe meine Zunge in ihre Wärme, schmecke das Blut, das noch immer aus dem Schnitt fließt, und quäle uns auf diese grausam süße Art, bis sie meinen Namen stöhnt und ihre Fingernägel in meine Kopfhaut bohrt. Ich lache leise auf, weil ich weiß, dass es wehtun sollte, doch das tut es nicht. Sie kann mich ebenso wenig verletzen wie ich sie, obwohl die Gründe dafür völlig andere sind.

»Was willst du, Winter?«, frage ich heiser und sehe zu ihr auf, während ich meine Zungenspitze um das kleine Nervenbündel kreisen lasse, leicht hineinbeiße und dann meine Lippen darumlege.

Sie windet sich, kann meiner Folter jedoch nicht entkommen, da ich meine Hände wie Schraubstöcke um ihre Oberschenkel geschlossen habe. Nicht, weil ich sie bei mir halten will, sondern weil ich weiß, dass sie es so braucht. Und weil ich es selbst gerade auch viel zu sehr brauche. Die Kontrolle. Die Macht. Zu wissen, dass ihr Leben in meinen Händen liegt, auch wenn ich es nicht wagen würde, es in Gefahr zu bringen. Aber Winter auf diese Art zu halten, macht Dinge mit mir und meinem Verstand, die fernab von Gut und Böse sind. Ich bestehe nur noch aus Verlangen, Gier und dem Wunsch, sie nie wieder loslassen zu müssen, und der Ausdruck in ihren Augen, als sie sie öffnet und mich ansieht, zeigt mir deutlich, dass es ihr genauso geht.

»Dich«, keucht sie atemlos. »Bitte, Dante … Ich kann nicht mehr.«

Ich hebe den Kopf und drehe ihn, um meine Lippen um ihren Finger zu schließen und leicht zuzubeißen, bevor ich ihn wieder freigebe. »Mich, ja?«

Sie nickt, als würde ihr Leben davon abhängen, und fleht mich mit ihren riesigen Augen an, mit den Spielchen aufzuhören.

»Dann sollst du mich haben, Winter Baby.«

Ich erhebe mich aus ihrem Schoß, packe ihre Hüften und drehe sie so schnell auf den Bauch, dass ihr ein atemloser Schrei entweicht. »Zieh das Shirt aus«, befehle ich mit rauer Stimme und öffne dabei meine Hose.

Sie tut es umgehend, und ich streiche mit einer Hand über ihre Wirbelsäule. Winter verkrampft sich, doch ich reagiere sofort und packe ihr Genick, während ich mit der anderen Hand ihren Hintern anhebe und die Spitze meines Schwanzes über ihre feuchte Mitte gleiten lasse.

»Eine Sache noch …« Ich schaue nach unten und bewundere, wie ihre Lippen sich samtweich um mich legen. »Du sagtest, es könne nichts passieren. Wieso?«

Winter erstarrt. Sie hört sogar auf zu atmen, und mir ist klar, dass sie gehofft zu haben scheint, ich würde nicht nachhaken. Zugleich zeigt mir ihre Reaktion, dass ich die Antwort nicht hören will. Doch dafür ist es jetzt zu spät.

»Antworte, Winter.«

Mein Griff um ihren Nacken verstärkt sich, und ich spüre das Zittern, das durch ihren Körper geht. Ich kann förmlich sehen, wie sich ihr Inneres windet, weil sie es nicht erklären will.

»*Winter Baby*.« Ich streiche ein weiteres Mal über ihren Eingang und beiße mir auf die Lippe, weil sich ihre Nässe so gut anfühlt. Dabei denke ich nicht darüber nach, was geschehen wird, wenn sie antwortet. Ich bezweifle, dass ich es schaffe, sie nicht zu ficken, auch wenn ich weiß, dass die Wahrheit mich in den Wahnsinn treiben könnte.

»Bitte, Dante«, fleht sie erneut und versucht, sich mir entgegenzurecken, doch ich weiche zurück und gebe ihr nicht die Chance, mich mit ihrer Wärme zu umfangen, weil es offensichtlich ist, dass sie mich damit ablenken will.

»Antworte mir.«

Sie wimmert und presst das Gesicht ins Kissen, bevor sie den Kopf etwas dreht und beinah unendlich lange ausatmet. »Hysterektomie«, bringt sie leise hervor. »Er hat meine Gebärmutter entfernen lassen.«

Stille. Drückende, schmerzhafte, mörderische Stille breitet sich in mir aus, während ich erstarre und versuche, ihre Worte zu begreifen. Doch es geht nicht. Da ist nichts mehr in meinem Kopf. *Nichts*. Bis die Wut kommt.

Ich dachte wirklich, ich hätte alles gesehen. Dachte, ich hätte jeder Art von Monster in die Augen gesehen, während ich ihr Leben beende. Aber das …

Das übertrifft alles, was ich mir jemals vorstellen könnte. Es ist schlimmer als jede Foltermethode, von der ich gehört habe, und macht mich zu etwas, das nur noch aus Zorn und Hass und Mordlust besteht.

»Ich werde ihn umbringen«, verspreche ich Winter mit tödlicher Ruhe. »Ein Wort von dir, und ich töte ihn und alle, die etwas damit zu tun haben.«

»Dante …«

»Nein.« Ich lasse sie los und falle beinah, als ich vom Bett steige und meine Boxershorts hochziehe. »*Nein*, Winter! Das ist zu viel. Das ist … Es …«

Haareraufend gehe ich im Zimmer auf und ab. Im Augenwinkel kann ich erkennen, dass sie sich aufsetzt und die Arme um ihren Oberkörper schlingt, während sie mir mit dem Blick folgt.

»Erwarte nicht von mir, dass ich so tue, als wäre das nichts«, mache ich ihr wütend klar. »Denn das kann ich nicht, Winter. Ich schaffe es nicht, so zu tun, als könnte ich damit leben!«

Ich halte inne und sehe sie an. Sehe, wie sie mit aller Macht gegen die Tränen ankämpft, die in ihr aufsteigen, und der Anblick zerreißt mich noch mehr, obwohl ich nicht dachte, dass das überhaupt möglich ist.

»Nein … Nein, nein, nein! Du wirst jetzt nicht weinen, Baby«, beschwöre ich sie, wobei ich wie ein Irrer mit dem Finger auf sie zeige. »Wage es nicht, auch nur eine Träne zu vergießen, verdammt. Du weißt genau, dass ich das nicht ertrage.«

Fuck! Wie soll ich das aushalten? Wie soll ich mit dem Wissen über das, was ihr passiert ist, auch nur eine Sekunde länger hierbleiben, wenn alles in mir diesen Victor finden und qualvoll sterben lassen will, während sie zugleich auch noch weint?

Ich stürme zu ihr, springe aufs Bett und knie mich vor sie, um ihr Gesicht zu packen. Mit aller Kraft presse ich meine Handflächen an ihre Wangen, reibe mit den Daumen darüber und verliere mich dabei in ihren Augen. »Verstehst du denn nicht, was du machst? Siehst du nicht, was es mit mir anrichtet, wenn du weinst, Baby?«

Sie schluchzt auf, und der Klang bereitet mir beinah

körperliche Schmerzen. Ich lasse meine Stirn gegen ihre sinken und schließe die Augen.

»Verdammt, Winter«, bringe ich atemlos hervor. »Du könntest von mir verlangen, was auch immer du willst, weil ich dir alles geben werde. *Alles*. Aber das hier … Ich werde nicht so tun, als würden deine Tränen mir nicht das Herz rausreißen. Als würde ich nicht jeden töten wollen, der dir etwas angetan hat. Denn das kann ich verdammt noch mal nicht. Es ist krank und verrückt; ich weiß das, Baby. Ich verstehe es selbst nicht, aber es ist wahr. Für dich gebe ich alles, solange du mich lässt. Aber nicht *das*. Niemals das.«

ZWÖLF
WINTER

Meine Kehle zieht sich schmerzhaft zusammen, während Dantes Atem stoßweise auf meine Lippen trifft.

Er ist so außer sich … Alles ist so verdreht und surreal, dass ich es nicht gleich wahrnehme, doch dann fällt eine weitere Träne auf meinen nackten Oberschenkel, und als ich meine Hand an Dantes Brust lege, spüre ich, wie er sich verkrampft und zuckt.

Er weint.

Dante weint um mich und uns und seine Machtlosigkeit, und die Erkenntnis trifft mich mit solcher Wucht, dass meine eigenen Tränen augenblicklich versiegen.

»Dante«, flüstere ich und greife nach seinem Gesicht, während seine Daumen sich so fest in meine Wangen bohren, dass ich kaum sprechen kann. Es tut schrecklich weh, aber es kann nicht mit dem Schmerz mithalten, den er gerade erträgt.

Etwas in ihm stirbt vor meinen Augen, und ich muss ihn irgendwie zurückholen. Muss ihn aufhalten. Ihn retten, weil ich ihn sonst verliere, und das kann ich nicht. Ich *darf* ihn nicht verlieren, weil ich genauso für ihn empfinde wie er für mich.

Die Welt da draußen würde es nicht verstehen. Wir verstehen es ja nicht mal selbst, aber das ändert nichts daran, dass es unsere Realität ist. Dass wir eins sind und den anderen nicht mehr loslassen können. Dass er der Einzige ist, der mich am Leben halten kann, und ich alles bin, wofür er jetzt noch atmet.

»Sieh mich an«, flehe ich und lege meine Hände um sein Gesicht. »Dante. Bitte sieh mich an.«

Ich versuche, ihn von mir zu schieben, doch er versinkt in seiner eigenen Dunkelheit. Er entgleitet mir, und ich weiß nicht, was ich tun soll. Weiß nicht, wie ich ihn bei mir halten kann, weil ich – anders als er – keine Ahnung davon habe, wie man jemanden rettet. Ich konnte ja nicht mal mich selbst retten! Wie soll ich dann ihn davon überzeugen, nicht verschwinden zu dürfen?

Auf ihn einredend neige ich den Kopf und versuche, ihn zu küssen. Versuche, die Tränen, die aus seinen Augen treten, mit meinen Lippen zu trocknen, aber es reicht nicht. Es weckt ihn nicht auf, also hole ich in meiner Verzweiflung aus und schlage zu.

Ich erschrecke vor mir selbst und schnappe nach Luft, als Dantes Kopf zur Seite fliegt, doch seine Augen sind noch immer geschlossen. Der Schmerz lässt meine Handfläche brennen, als hätte jemand ein Feuer darauf entzündet. Ich befürchte schon, dass es nicht funktioniert hat, doch dann wird Dante ganz ruhig.

Nach Atem ringend sitze ich nackt vor ihm und weiß nicht, welches Monster ich soeben entfesselt habe, als sich seine Hände an meinen Wangen ein weiteres Mal verkrampfen, bevor eine in meinen Nacken gleitet und mich festhält, während er die andere zur Faust geballt gegen seinen Mund presst.

Was dann geschieht, ist so nah am Wahnsinn, dass ich befürchte, den Verstand zu verlieren.

Dante lacht leise auf.

Die Tränen auf seinen Wangen glitzern im morgendlichen Sonnenlicht, als er den Kopf langsam dreht und die Augen öffnet, während ein so dunkles und angsteinflößendes Lachen aus seiner Kehle dringt, dass mir der Atem stockt.

»O Winter«, murmelt er, wobei er den Kopf schief legt. »Das solltest du nie wieder tun.«

»Wieso?« Die Frage kommt ohne mein Zutun. Sie ist dumm und gefährlich, aber ich kann sie nicht zurückhalten.

Doch dann findet sein Blick meinen, und er deutet ein Kopfschütteln an. »Weil ich es nicht spüren kann. Du tust dir mehr weh als mir, Baby.«

Ich verstehe nicht, was er da sagt. Begreife die Bedeutung seiner Worte nicht, und erst recht nicht, was daran so lustig ist. Wie kann er gerade jetzt lachen? Wie kann er nach dem, was in den letzten Minuten geschehen ist, hier sitzen und mich mit einem beinah schelmischen Funkeln in den Augen ansehen?

Dante beugt sich vor und küsst mich hart und erbarmungslos. Er raubt mir den Atem und den Verstand, so dass ich nicht mal mehr meinen Namen weiß, bis er ihn ausspricht.

»Winter ... Ich spüre keinen Schmerz«, erklärt er an meinen Lippen, bevor er meinen Kopf gewaltsam zur Seite neigt und seine Zähne an meinem Kiefer entlanggleiten lässt, um sie dann in meinem Hals zu versenken. »Das hier?«, fragt er mit rauer Stimme. »Das würde ich nicht merken.« Seine Hand wandert in mein Haar und zieht daran, so dass ich meinen Kopf wimmernd in den Nacken lege. »Diesen

Schmerz?« Die Finger seiner anderen Hand legen sich um meine Brustwarze und drücken so fest zu, dass mir neue Tränen in die Augen steigen wollen. »Oder diesen? Ich könnte ihn nicht fühlen, Baby.«

Abrupt lässt er von mir ab und steht auf. Ich taumle, falle nach hinten und kann mich gerade so mit den Ellenbogen abfangen.

»Es ist eine Mutation des SCN9A-Gens«, erklärt er emotionslos. »Ich bin vollkommen schmerzunempfindlich.«

Er muss die Verwirrung in meinen Augen erkennen, denn er tritt wieder näher an das Bett und streckt seinen linken Arm aus. Wie in Trance senke ich den Blick, als er ihn dreht und die Innenseite seines Unterarms sichtbar wird, auf der eine lange Narbe unter den Tattoos zu erkennen ist.

»Ich war sieben. Fahrradunfall. Der Knochen kam raus, aber ich habe es nicht gemerkt.« Er zieht den Arm etwas zurück und streckt seine Finger. »Einen Vierjährigen sollte man nicht in die Nähe von heißen Herdplatten lassen, wenn er keinen Schmerz empfinden kann.«

Wo feine Linien ein einzigartiges Muster formen sollten, sieht die Haut seiner Handfläche wie geschmolzen aus.

»Siehst du das hier?« Er greift nach meiner Hand und lässt seine Zungenspitze kaum merklich an meinem Finger entlanggleiten. »Ich bin gestolpert und habe mir ein Stück meiner Zunge abgebissen.«

Ein weiteres Mal leckt er über meine Fingerkuppe, und jetzt sehe ich es. Erkenne, dass etwas fehlt. Da ist eine kleine Einkerbung an der Spitze, bei deren Anblick ich eine Gänsehaut bekomme.

»Ich habe es runtergeschluckt, weil ich es nicht gespürt habe.« Er lässt mich los, um seine Hand an mein Gesicht zu legen. Entgegen allem, was wir beide erwarten würden, versinke ich nicht in der Vergangenheit, als sein Daumen sachte über meinen Mund streicht und er mich küsst. »Du kannst mich genauso wenig verletzen wie ich dich, Winter Baby«, murmelt er an meinen Lippen, und ich höre an seiner Stimme, dass er dabei lächelt.

Ich habe zu viel erlebt, als dass ich noch schockiert sein könnte, also nehme ich das Wissen über Dantes fehlendes Schmerzempfinden einfach an. Was bleibt mir auch anderes übrig? Es ist zwar unvorstellbar für mich, keinen Schmerz zu fühlen, aber es würde auch nichts ändern, wenn ich es begreifen könnte.

Zugleich wird mir mit jeder Minute, die seit seiner Erklärung vergangen ist, mehr bewusst, was das überhaupt bedeutet und dass es an ein Wunder grenzt, dass er noch lebt. Es gibt doch so vieles, das einen umbringen kann, wenn man es einfach nicht spürt!

»Amanda hat vor ein paar Jahren meinen Blinddarm entfernt«, erklärt Dante und folgt meinem Blick, der zu seinem unteren Bauch gleitet. Die Narbe, die dort zu sehen ist, habe ich in meinem lustverhangenen Kopf nicht wahrgenommen. Doch jetzt wird sie mich jedes Mal, wenn ich sie anschaue, daran erinnern, wie nah Dante am Rand des Abgrunds entlanggeht.

»Eine Vorsichtsmaßnahme«, sagt er weiter. »Und Robin hat immer ein Auge darauf, dass ich mich nicht verletze, ohne es zu merken.«

»Allerdings«, erklingt es von der Tür, woraufhin wir beide aufsehen. »Er ist wie ein Baby, das man nicht allein lassen kann.«

Robin lehnt sich mit der Schulter gegen den Türrahmen und lässt einen Autoschlüssel um seinen Finger kreisen, wobei er demonstrativ aus dem Fenster sieht, weil ich noch immer nackt auf dem Bett sitze. »Wir müssen los. Sonst kommen wir zu spät.«

»Dreh dich um«, knurrt Dante in seine Richtung und steht auf, um mir die Bettdecke überzuwerfen.

Sein Freund gehorcht, wenn auch kopfschüttelnd.

Ich wage es nicht, Dante zu erklären, dass es mich nicht kümmert, weil seine Kiefer bereits mahlen und er die Hände zu Fäusten geballt hat. Stattdessen wickle ich mich in die Decke ein, weil wir gerade eindeutig zu viele emotionale Ausbrüche hatten, als dass ich auch noch einen Streit über meine Nacktheit vom Zaun brechen sollte. Für Dante bin ich nun sein Eigen, und wenn er es nicht ertragen kann, dass mich jemand so sieht, dann muss er das auch nicht.

»Los? Wohin los?«, frage ich, weil bisher immer zumindest einer der beiden hier war. Sie sind nie gemeinsam verschwunden, und es beunruhigt mich plötzlich, dass sie mich allein lassen könnten. »Und wer ist Amanda?«

»Meine Tierärztin.« Dante sieht zu mir runter. »Du wolltest wissen, was das hier ist. Dieser Ort«, sagt er zusammenhanglos, was mich die Stirn runzeln lässt. »Zieh dir was an. Du kommst mit.«

»Dante … Ich weiß nicht …«

»Halt den Mund«, fährt er seinen Freund an, der daraufhin den Kopf schüttelt und sich zum Gehen abwendet.

»Ich hänge den Trailer an«, ruft Robin durch den Flur. Wenige Sekunden später ist das Zuschlagen der Haustür zu hören.

Dante geht an seinen Schrank, den er kurz nach seinem wahnhaften Ausbruch vor fünf Tagen wieder eingeräumt hat, und holt ein neues Hemd raus, da ich das von heute Morgen ruiniert habe. Es liegt in einem kläglichen Haufen auf dem Boden und erinnert mich daran, was seitdem alles geschehen ist. Es fühlt sich an, als wäre es Ewigkeiten her, dabei sind vermutlich nur ein oder zwei Stunden vergangen, seit ich aufgewacht bin und das, was sich zwischen uns entwickelt hat, seinen Lauf nahm.

Weil ich auch das nicht verstehen oder ändern kann, schäle ich mich aus der Decke und ziehe die Sachen an, die Dante mir hingelegt hat. Ich habe ihn nie gefragt, woher die Kleidung kommt, die ganz offensichtlich weder von ihm noch von Robin sein kann, aber diese Frage hebe ich mir für einen anderen Tag auf. Für einen, an dem keine unzähligen Wahrheiten aufgedeckt werden und wir nicht am Rand des Wahnsinns balancieren, weil wir wir sind.

Als ich Dante nach draußen folge, trägt er nicht nur ein neues Hemd, sondern auch eine Krawatte und einen perfekt geschnittenen Anzug, der sich an seine muskulösen Schultern und die schmale Taille schmiegt. Seine Haare hat er mit ein paar Handgriffen gebändigt, so dass sie wieder ordentlich nach hinten gelegt sind, der Gesichtsausdruck ist seit wenigen Minuten ernst und ausdruckslos. Es ist kaum vorstellbar, dass dieser Mann, der jetzt so unnahbar und skrupellos erscheint, vor nicht mal einer halben Stunde weinend vor mir saß und beinah zusammengebrochen ist.

»Du sitzt hinten«, sagt Dante knapp, als er an Robin vorbeigeht

Der verdreht die Augen, steigt aber auf den Rücksitz des riesigen Trucks, an dem ein Trailer angehängt ist, der an die sechs Meter lang ist und offenbar zum Transport von großen Nutztieren eingesetzt wird.

Ich folge Dante, der um den Wagen herumgeht und mir die Beifahrertür öffnet. Als ich ihm ein dankbares Lächeln zuwerfe, packt er mich plötzlich im Genick. Seine Finger bohren sich in meinen Nacken, als er mich näher zu sich zieht, so dass ich den Kopf nach hinten lege, um ihn weiterhin ansehen zu können.

»Mach das noch mal«, fleht er kaum hörbar, wobei sein Blick auf meinen Mund gerichtet ist.

Verwirrt sehe ich zu ihm auf. »Was?«

»Lächeln.«

Er starrt noch immer auf meine Lippen, und der Ausdruck in seinen Augen lässt meine Knie weich werden.

Ich hebe meine Hand und streiche eine Strähne seiner Haare zurück, die sich gelöst hat und nach vorn gefallen ist. »Danke«, sage ich leise und lächle, woraufhin Dante flucht und den Abstand zwischen uns überbrückt, um erst mit der Zunge an meinen Lippen entlangzugleiten und anschließend über sie herzufallen.

Robin räuspert sich geräuschvoll, woraufhin Dante in meinen Mund knurrt, was mich nur breiter lächeln lässt.

Mir wird klar, dass ich nicht mal weiß, wann ich das letzte Mal etwas hatte, das mich zum Lächeln gebracht hat. Die Tatsache, dass Dante das erste wirklich Gute ist, das mir in meinem Leben widerfahren ist, lässt mich seinen Kuss wie von Sinnen erwidern. Weil ich seit vierzehn Jahren kein Glück mehr empfunden habe und es jetzt in Form meines Mörders vor mir steht.

»Soll ich allein fahren oder könnt ihr euch voneinander trennen, ohne dass einer von euch dabei draufgeht?«, fragt Robin genervt und bringt mich damit tatsächlich fast zum Lachen.

Dante entfernt sich widerwillig von mir, damit ich einsteigen kann. Dann wirft er die Tür zu und umrundet die Motorhaube, bevor er ebenfalls in den Wagen steigt und den

Knopf seiner Anzugjacke öffnet, nachdem er Platz genommen hat. »Pass auf, dass ich dir nicht die Augen aussteche«, sagt er zu Robin, während er den Motor startet.

»Deine leeren Drohungen sind wirklich erbärmlich«, erwidert der nur, woraufhin Dante den Kopf schüttelt.

»Ich vermute, du warst noch nie auf einem Viehmarkt, oder, Baby?«

DREIZEHN
WINTER

Es ist der blanke Horror. In jeder Sekunde, die ich neben Robin hinter Dante hergehe, wird mir deutlich vor Augen geführt, dass es mehr Höllen gibt als die, die ich durchlebt habe. Und jede einzelne davon ist von Menschenhand erschaffen.

Es ist laut. Es ist voll. Es riecht nach Kot, Schweiß, Blut und Angst, und die Schreie der unzähligen Tiere werden mich noch in meinen Träumen verfolgen.

Alles, was Beine hat und vom Menschen ausgebeutet werden kann, wird hier verkauft. Hühner, Gänse und Trut-hähne. Ziegen in allen Größen und Farben. Schafe, Schweine, Esel und unzählige Kühe und Pferde. Manche der Tiere stehen gut im Futter und sehen gesund aus, andere hingegen nicht. Ihre Knochen sind unter dem stumpfen, meist dreckigen Fell deutlich erkennbar. Sie haben Wunden, die teilweise so frisch sind, dass sie noch bluten. Manchen fehlen sogar Gliedmaßen, Ohren oder ein Auge, und es sind viele Jungtiere dabei, die nach ihren Müttern rufen. In allen Augen ist das Weiße vorherrschend. Schmerz und Panik stehen darin geschrieben und lassen mir die Haare zu Berge stehen, während sich mein Magen vor Übelkeit zusammenzieht.

Dann sind da die Kadaver. Ich sehe sie überall. Winzige Ferkel liegen halb zertrampelt in den Ecken der Verschläge. Ein Pony scheint so panisch gewesen zu sein, dass sich die Kette, die an seinem Halfter befestigt ist, um seinen Hals gewickelt und es stranguliert hat. Tote Hühner liegen unter den Füßen ihrer Artgenossen, weil die Käfige so klein sind, dass die noch lebenden Tiere nirgendwo anders stehen können. Beim Anblick eines Zickleins, das von einem Mann wie Abfall in eine Mülltonne geschmissen wird, bin ich kurz davor, mich zu übergeben.

Doch das Schlimmste sind die Menschen. Es sind die Männer und Frauen, die die wehrlosen Tiere misshandeln. Die sie in ihren Pferchen herum scheuchen oder an Seilen über den Asphalt zerren. Es sind die Hände, die das Geflügel an den Füßen packen und kopfüber hin und her reichen, als wäre es wertlos. Es wird gebrüllt, getreten und geprügelt, wobei mit allem auf die bereits geschändeten Körper eingeschlagen wird, was man in die Finger bekommt.

Ich ertrage es kaum und frage mich, was wir hier machen. Wieso Dante ausgerechnet an diesen Ort voller Leid und Schmerz und Tod wollte.

Als wir ausgestiegen sind, wurde er zu einem anderen Menschen. Der Ausdruck in seinem Gesicht war eiskalt, bevor er eine Sonnenbrille aufsetzte, um sein blutunterlaufenes Auge zu verbergen. Ich vermute – *hoffe* –, dass sie und der Anzug Teil einer Maskerade sind, die er aufgelegt hat, weil das hier selbst die Skrupellosigkeit übersteigt, die zweifellos in ihm steckt.

Robin bestätigt meine Vermutung, als er sich zu mir beugt,

während Dante mit einem der Viehhändler spricht. »Er sagt ihnen, dass er Versuchsobjekte für sein Forschungslabor braucht«, erklärt er leise, während ich den Blick auf den Boden richte, weil ich das Leid nicht ertrage. »Sie lieben ihn, weil er die Tiere kauft, die sonst keiner haben will, und dafür gutes Geld bezahlt. Andernfalls müssten sie sie wieder mitnehmen.«

»Dante hat … ein Forschungslabor?« Das kann nicht wahr sein. Nicht er. Nicht der Dante, der gestern vor mir auf die Knie gegangen ist.

Bitte lass es nicht wahr sein. *Bitte* …

»Nein«, sagt Robin und senkt die Stimme. »Er hat einen Gnadenhof.«

Fünf Stunden später steigen wir wieder in den Truck. Ich bin so erschöpft und ausgelaugt von all den Grausamkeiten, dass ich mich auf der Rückbank zusammenrolle, obwohl Dante protestiert. Letztendlich wirft er Robin den Schlüssel zu und setzt sich ebenfalls nach hinten, weil er zu spüren scheint, dass es zu viel für mich war.

Er selbst sackt in der Sekunde in sich zusammen, in der er die Tür hinter sich zuwirft und die getönten Scheiben uns vor der Außenwelt verbergen. Sein Kopf sinkt gegen die Stütze, die Augen schließen sich, und er atmet einmal tief ein und wieder aus, bevor er sich mit der Hand über das Gesicht fährt, als könne er so das Gesehene wegwischen.

»Ich hasse das«, murmelt er kaum hörbar. »Ich hasse es so sehr …«

Eine dicke, undurchdringliche Wolke der Schuld legt sich

um ihn. Da ich nicht begreife, warum er sich schuldig fühlen sollte, strecke ich meinen Arm aus und lege meine Hand auf seinen Oberschenkel, in der Hoffnung, ihm so ein wenig Trost zu spenden.

Seine Lider öffnen sich, und ich sehe, dass seine Finger zucken, weil er sie um meine schlingen will, sich aber zurückhält, da er weiß, dass ich es nicht ertrage würde. Stattdessen gleitet sein Blick in mein Gesicht, und die Schuld wird noch schwerer.

»Ich hätte dich nicht herbringen dürfen. Bitte verzeih mir, Winter«, fleht er leise und sieht mich dabei mit vor Reue verzerrter Miene an.

»Es ist okay«, erwidere ich. »Manche Dinge müssen gesehen werden, damit man nicht vergisst, dass sie existieren.«

Und diese Erfahrung war so etwas.

Jeder weiß von den schrecklichen Zuständen und dem Leid, das all diesen Tieren Tag für Tag zugefügt wird. Wir alle haben mindestens einmal Bilder aus dunklen Stallungen gesehen. Haben die Todesangst in den Augen derer gesehen, die auf riesigen Transportern durch das Land gekarrt werden, bevor sie sterben. Haben gesehen, wie Tiere zu Tode gemästet werden, oder konnten ihre Schreie hören, wenn sie ermordet werden.

Jeder weiß davon. Wirklich *jeder*. Doch die meisten schauen weg. Weil es zu bequem ist. Zu normal. Zu traditionell oder einfach nur zu schmackhaft.

Aber nicht Dante.

Ich habe nie ansprechen müssen, dass ich keine tierischen Produkte esse. Erst dachte ich, dass Dante es wüsste; dass er es irgendwie recherchiert oder anderweitig herausgefunden hat, weil er und Robin mir nie Fleisch, Fisch oder Milchprodukte brachten. Aber er *konnte* es nicht wissen, also glaubte ich, es sei Zufall.

Jetzt wird mir jedoch klar, dass nichts davon zutrifft. Dante isst selbst keine Tiere oder das, was ihnen genommen wird.

Neben mir sitzt ein Auftragsmörder, der meine Tränen nicht erträgt, eine Schwäche für mein Blut hat und sich vegan ernährt.

Ich würde laut auflachen, doch die Müdigkeit hält mich davon ab. Tatsächlich bin ich so erschöpft, dass ich sogar Dantes Berührung aushalte. Ganz vorsichtig hat er seine Hand auf meine gelegt und umschließt sie nun mit seinen Fingern. Hält sie einfach nur fest, weil er wie ich das Verlangen danach verspürt, dass wir uns berühren.

Seine Zärtlichkeit überschreitet beinah die Grenze dessen, was ich ertragen kann, doch ich weiß, dass er diese Nähe jetzt braucht. Stundenlang hat er einen eiskalten Mann gespielt, dem das Wohl der Tiere egal ist. Der die billigsten und kaputtesten kauft, weil er nicht mehr für seine vermeintlichen Versuchsobjekte ausgeben will. Er muss völlig ausgelaugt sein. *Ich* wäre es, wenn ich diese Farce hätte aufrecht erhalten müssen, während die Händler ihre Ware regelrecht auf unseren Trailer warfen.

Auch Robin spielte eine Rolle, doch sie war nicht so wichtig wie die von Dante, da er lediglich der Handlanger war. Die Männer haben ihn kaum beachtet, weswegen er so oft wie möglich versuchte, die panischen Tiere zu beruhigen.

Hinter uns befinden sich acht Seelen, die noch nicht zu gebrochen sind und ihr restliches Leben bei Dante verbringen werden. In Frieden. Ohne Leid und Schmerz und Angst. Auf dieser Farm, die er mir gezeigt hat, deren Sinn ich zuvor jedoch nicht begreifen konnte. Aber ich habe die hektargroßen Weideflächen mit dem satten, grünen Gras gesehen. Habe die riesigen Boxen in dem Stall gesehen, durch den er mich geführt hat, und die Unmengen an Futter. Ich habe gesehen, dass hinter dem Gebäude Pflöcke mit bunten Bändern daran im Boden stecken und frage mich nun …

»Es sind zu viele«, murmle ich schläfrig. »Es sind zu viele Tiere. Darum baust du einen weiteren Stall, habe ich recht?«

Dantes Hand drückt meine kurz. »Ja, Baby. Der Platz reicht nicht mehr aus.«

»Du wirst sie nicht alle retten können, Dante«, stelle ich flüsternd fest, wobei sich meine Brust schmerzhaft zusammenzieht.

Er holt hörbar Luft, bevor er meine Finger an seinen Mund hebt, einen Kuss darauf drückt und sie wieder sinken lässt. Es geht so schnell, dass ich gar keine Chance habe, in den Erinnerungen zu versinken.

»Ich weiß. Aber für jedes, das ich rette, bedeutet es alles.«

VIERZEHN
DANTE

Wir haben drei Tiere mehr mitgenommen als üblich. Aber ich habe Winters Blicke verfolgt und konnte keines der Geschöpfe dort lassen, die sie angesehen hat, obwohl ich bei manchen befürchte, dass sie es nicht schaffen werden. Dass ihre Körper und Seelen zu geschändet sind, um zu heilen und Frieden zu finden, und wir sie von ihrem Leid erlösen müssen.

Diese Stunden auf den Viehmärkten laugen mich jedes Mal aus. Ich fühle mich, als hätte man mir das letzte bisschen Kraft aus dem Körper gesogen.

Nicht alle Tiere mitnehmen zu können, weil wir verdammt noch mal nicht genug Platz haben – darüber zu entscheiden, welches noch eine Chance hat und welchem wir nicht mehr helfen können –, ist grausam, aber ich muss es tun. Denn wenn ich es nicht tue, wer dann? Wer würde sich für diese Seelen einsetzen, deren Leben nur noch aus Terror und Qualen besteht? Wer kämpft sonst für die, die keine Stimme haben?

Niemand. Darum werde ich dieses grauenvolle Schauspiel

so oft vorführen, wie ich nur kann. Ich werde den herzlosen Geschäftsmann mimen, der sich nicht um die Leben schert, die auf seinen Trailer geladen werden. Ich werde mir weiterhin bei jedem dieser Monster, die die Tiere quälen, vorstellen, wie ich sie foltere und ihnen das Leben nehme, während ich mit ihnen über Geld spreche. Werde weiterhin bei jedem Geschöpf aufatmen, das die Ladefläche betritt und sie auf meiner Farm wieder verlässt. Ich werde alles geben und nicht ruhen, solange ich atme, weil ich nicht mit dem Leid leben kann.

Sobald das zweite Stallgebäude steht und ich die nächsten umliegenden Hektar Land endlich zu meinem Grund und Boden zählen kann, fahren wir nicht mehr nur alle acht Wochen auf die Märkte. Wir werden so oft fahren, wie es nur geht, selbst wenn ich dafür eine ganze Stadt aus Quarantäneställen bauen muss, damit die Tiere sich erholen und akklimatisieren können und keine Krankheiten verbreitet werden.

Um das umzusetzen, bin ich jedoch dazu gezwungen, mich nach fünf Tagen voller Winter endlich wieder an die Arbeit zu setzen. Zu lange habe ich alles schleifen lassen; habe ignoriert, dass der Wertpapiermarkt nicht schläft, womöglich wichtige Transaktionen verpasst und Geld verloren. So wichtig Winter auch ist – ich kann nicht zulassen, dass die Tiere vernachlässigt werden.

Zudem muss ich endlich in Erfahrung bringen, wer den Auftrag gegeben hat. Ich muss wissen, wer Winter tot sehen will und ob dieser Jemand ahnt, dass sie lebt und bei mir ist.

Dann sind da noch Victor und ihre Eltern. Es ist unausweichlich, dass ich herausfinde, welche Schritte sie eingeleitet haben. Natürlich würde ich sie viel lieber einfach töten, aber das kann ich nicht. Nicht, solange Winter es mir nicht erlaubt. Ich bin kein Wahnsinniger, der herumläuft und wahllos Leute abschlachtet. Ich führe nur aus; bin das Werkzeug derer, die nicht den Mut, die Kraft oder die Mittel haben, um es selbst zu tun. Aber ich töte niemanden, nur weil ich es will. Diese Ehre wurde bisher nur einem zuteil, und das soll auch so bleiben.

Ich sitze in meinem Büro, während auf den drei Fernsehern verschiedene Nachrichtensender laufen, und versinke in den Zahlen auf meinem Bildschirm.

In regelmäßigen Abständen wird auf allen Kanälen ein Foto von Winter eingeblendet. Die verschwundene Tochter des potenziell zukünftigen Senators ist zu einem Sinnbild aller vermissten Kinder geworden, und ihre Eltern – Feline und Samuel Symons – flehen das Volk um Hilfe an.

Obwohl Feline eine der zur Zeit erfolgreichsten Schauspielerinnen ist, kaufe ich ihr keine einzige Träne ab. Eine Mutter, die wissentlich zulässt, dass ihr Kind misshandelt wird, verdient es nicht, diesen Titel zu tragen. Sie verdient den Tod, und als ihre weinerliche Stimme erneut aus den Lautsprechern des rechten Fernsehers dringt, dessen Ton ich nicht abgestellt habe, ballen sich meine Hände zu Fäusten.

Ich hebe den Blick und sehe in dieses widerwärtige Gesicht, von dem Winter glücklicherweise nichts geerbt hat. Seit zwei Stunden werden die gleichen Bilder gezeigt. Endlose Wiederholungen einer Pressekonferenz, die die beiden gegeben haben, um das Medieninteresse zu schüren und alle glauben zu lassen, sie würden an nichts anderes mehr denken als ihre verschwundene Tochter.

Die Frau, die sich in einer perfekten Choreografie an der

Schulter ihres Mannes anlehnt, der einen Arm um sie geschlungen hat, um sie zu stützen, gehört für mich zum Bodensatz der Gesellschaft. Die tadellos frisierten Haare und das zentimeterdicke Make-up hätte sie sich besser gespart. Selbst sie sollte wissen, dass eine verzweifelte Frau, die um das Leben ihrer Tochter bangt, nicht *so* aussieht. Dass sie keinen Gedanken daran verschwenden würde, ob ihre Wimperntusche verläuft, weil ihr das Wichtigste genommen wurde und es sie innerlich zerreißt. Aber Feline ist zu schmalgeistig, um das zu begreifen, und spielt somit gerade ihre wohl schlechteste Rolle.

Wer heißt überhaupt so? *Feline*. Ich muss rausfinden, ob das ihr echter Name ist oder nur ein Instrument, um am Sternenhimmel Hollywoods heller strahlen zu können. Hoffentlich Letzteres.

Wieder auf den Computerbildschirm blickend versuche ich, herauszufinden, von wem der Auftrag zu Winters Mord kam. Doch egal, wo und wie intensiv ich suche, es gibt keinerlei weitere Verbindung zu der E-Mail-Adresse, von der die Nachricht kam. Es passiert nicht oft, aber in diesem Fall hat der Absender sie offenbar einzig für diesen Zweck angelegt und für nichts anderes genutzt. Da die Nachricht nicht mal ein Foto enthielt, dessen Metadaten ich auslesen könnte, habe ich nichts, was mich auf die Spur desjenigen führt, der mich auf Winter angesetzt hat.

Es wäre zwecklos, über die Bezahlung an Informationen kommen zu wollen. Sie wurde auf die altmodische, analoge Art durchgeführt: Ich musste in einen Müllcontainer klettern, aus dem ich eine Sporttasche voller Dollarnoten gefischt habe. Zu meiner eigenen Sicherheit hatte ich einen Ort ausgewählt, der meilenweit von Überwachungskameras entfernt ist. Und selbst wenn es nicht so gewesen wäre, hätte mir ein zweifellos vermummter Mittelsmann, der auf einer verpixelten Aufnahme zu sehen ist, nichts gebracht.

»Dante?«

Winters Stimme reißt mich aus dem Groll, in dem ich wegen der Situation versinken will, und lässt mich aufsehen.

»Ich bin hier, Baby«, antworte ich laut und merke dabei, wie verrückt das ist. Als wären wir ein Paar. Als könnten wir wie andere Menschen eine normale Beziehung führen. Als hätte ich nicht vor sechs Tagen ein Scharfschützengewehr auf sie gerichtet, während sie sich ihre Pulsadern aufgeschnitten hat.

Fuck, ist das krank.

Und noch viel abartiger ist, dass es sich gut anfühlt. Dass in mir aus dem Nichts der Wunsch erwacht, genau das zu sein. Winters Partner. Ein fester Teil ihres Lebens, während sie einer meines ist. Es wäre ein Funken Normalität. Etwas, das ich so nie hatte. Nicht, weil ich nicht gekonnt hätte, sondern weil ich andere Ziele hatte. Es gab wichtigere Dinge als Frau, Haus und Kinder. Es gab andere, die mich brauchten.

Doch jetzt …

Winter wurde vom Schicksal in mein Leben geworfen, und ein verdammt großer Teil von mir will sie behalten. Will, dass es *normal* sein kann. Dass wir ebenbürtige Partner sind, obwohl sie die Fäden in ihren Händen hält und ich sie niemals aus den Augen lassen werde.

Wäre das möglich? Kann eine Frau, die sterben wollte, mit ihrem Mörder zusammen sein? Kann sie *glücklich* mit ihm sein? Kann ich sie behalten, obwohl sie wie ich tot sein sollte?

Sie betritt mein Büro und sieht sich um. Ich drehe den Stuhl, auf dem ich sitze, und will sie zu mir rufen, um sie zu spüren. Um sie auf meinen Schoß zu setzen und meine Lippen auf ihre zu legen. Ich will ihr die platinblonden Haare aus dem Gesicht streichen und –

Ich kann nichts davon tun. *Nichts*. Weil Winter es nicht ertragen würde.

Sie kann sich nicht einfach auf meinen Schoß setzen. Sie wird mir keinen zärtlichen Kuss auf die Wange geben und erst recht keinen von mir zulassen können. Ich kann ihr Haar nicht hinter ihr Ohr streichen und meine Arme nicht um sie legen, um mich zu vergewissern, dass sie lebt und bei mir ist.

Weil sie es nicht aushält.

Weil alles an ihr solche Zärtlichkeiten – solche normalen Gesten – mit Grauen verbindet. Und ich habe nicht die leiseste Ahnung, wie ich ihr dieses Grauen nehmen soll. Ob ich es kann. Ob es überhaupt möglich ist, diese Jahre auszulöschen und nichtig zu machen.

Winter bleibt zwei Meter von mir entfernt stehen und sieht sich um. »Was machst du?«, will sie wissen und ahnt dabei nicht, dass in mir gerade die Hoffnung auf etwas zerbrochen ist, von dem ich nicht glaubte, dass ich es je haben wollen würde.

Zusammen sein? Als fucking *Paar*? Normalität und … *Glück*?

Alles unmöglich. Alles unerreichbar, da die Vergangenheit uns im Weg steht und die Gegenwart eine Bedrohung ist.

Weil ich den Abzug nicht gedrückt habe, stehen wir vor einer Zukunft, die keine ist.

Ich bin kurz davor, wahnsinnig zu werden. Stattdessen stoße ich mich vom Tisch ab, rolle mit dem Stuhl auf Winter zu und packe sie an den Hüften. Ich muss sie spüren. Muss mich von ihr erden lassen, solange es noch irgendwie geht. Solange die Welt um uns herum nicht in Schutt und Asche liegt, muss ich sie bei mir haben, weil das hier endlich ist. Wir haben ein Verfallsdatum, und je weiter ich es nach hinten schiebe, desto größer werden die Qualen, wenn es dann so weit ist.

Meine Hände gleiten an den Außenseiten ihrer Oberschenkel hinab, bis ich sie mit festem Griff umschließe. Ohne Vorwarnung hebe ich Winter hoch und setze sie rittlings auf meinen Schoß, um ihren Mund mit meinem zu verschließen.

Sie schnappt nach Luft und saugt mir dabei den Atem aus der Lunge, doch es kümmert mich nicht. Sie könnte mir hier und jetzt ein Messer ins Herz rammen – es wäre mir egal, weil ich ihren weichen, süßen Mund mit meinem verschließe, um die Gedanken in meinem Kopf zum Schweigen zu bringen. Dabei knete ich ihren Hintern mit beinah erbarmungsloser Härte, weil die Wut dennoch in mir brodelt. Winter stöhnt schmerzverzerrt auf, schiebt ihre Finger zugleich aber in mein Haar und presst ihre Mitte gegen meinen Schritt.

»Gott, Winter …«

Sie treibt mich in den Wahnsinn. Ich sehe die dunklen Flecken, die ich gerade auf ihren Pobacken hinterlasse, jetzt schon vor meinem geistigen Auge, und dennoch reibt sie sich an mir und zeigt mir damit, dass sie ebenso süchtig danach ist wie ich. Wir sind die schlimmste Droge für den jeweils anderen, und jeder weitere Schuss, den wir uns gegenseitig setzen, bringt uns dem Ende ein Stück näher.

Mit rasendem Herzen löse ich mich von ihren Lippen und schaue sie an. Sie ist so unbeschreiblich schön … Das Wolkenblau ihrer Augen leuchtet für mich, und ich wünschte, ich müsste nie wieder etwas anderes sehen. Wünschte, ich könnte die Welt um uns herum niederbrennen und die Zeit stoppen. Dann gäbe es keine Gefahren mehr und wir hätten eine Ewigkeit, um herauszufinden, wie wir zusammen funktionieren können. Ich würde äonenlang alles geben, was ich habe, bis sie vergisst, was ihr zugestoßen ist. Bis sie frei ist von Victor und dem, was er ihr angetan hat. Bis sie das Leben leben kann, das sie verdient, und sicher und glücklich und ohne Angst ist.

Die schreckliche Stimme von Feline dringt erneut aus dem Fernseher, und der Ausdruck in Winters Augen, der eben noch verlangend war, bekommt einen Knacks. Ich will dieser Frau allein dafür den Hals umdrehen, doch ich bleibe ruhig sitzen, während Winters Blick durch den Raum gleitet, bis er am Fernseher hängenbleibt.

»Sie hassen mich«, sagt sie irgendwann tonlos. »Das hier ist wohl das Beste, was ihnen passieren konnte.«

Mein Hirn schwimmt noch zu sehr in all dem Zorn, weswegen ich einige Augenblicke brauche, bis ich ihre Worte begreife.

»Was meinst du damit?«, frage ich mit rauer Stimme, wobei ich darauf bedacht bin, meinen Griff nicht zu lockern, da sie jetzt nicht abdriften darf.

Winter dreht den Kopf und sieht mich wieder an. »Das ist die andere Geschichte«, erwidert sie leise.

»Erzähl sie mir.«

Ihre Pupillen springen von links nach rechts, weil wir uns so nah sind und sie abwechselnd in meine Augen blickt, bis sie den Kopf etwas schief legt. »Du hast goldene Sprenkel in den Augen.«

»*Winter.*« Ich knurre ihren Namen regelrecht, weil sie versucht, mich abzulenken. »Ich weiß, dass ich goldene Sprenkel in meinen Augen habe. Deine sehen aus wie Wolken. Manchmal blitzt es in ihnen, und dann will ich dich noch mehr, was wirklich verrückt ist. Sie sind das Schönste, was ich je gesehen habe. Jetzt erzähl mir die verdammte Geschichte.«

Ich bin irre geworden. Ja, Winter hat mich verflucht, denn

ich weiß schon nicht mehr, was ich da rede. Ich werde wirr im Kopf; vor allem, wenn sie mir so nah ist.

Und dann lächelt sie auch noch. Ihre Lippen formen ein Lächeln, das meine Eingeweide in Flammen aufgehen lässt und mein Hirn endgültig pulverisiert.

»Erst, wenn du mir endlich sagst, was das hier ist.«

Ist das ihr fucking Ernst? Sie dreht den Spieß um und erpresst mich? Verlangt, dass ich ihr die Erklärungen liefere, die ich ihr gestern versprach und dann verweigerte, weil ich sie gefickt habe und dann durchgedreht bin?

Sie muss genauso wahnsinnig sein wie ich.

»Es ist ein Gnadenhof«, bringe ich plump hervor.

Winter schüttelt den Kopf. »Das weiß ich bereits. Ich will wissen, warum.«

Ich lasse den Kopf nach vorn fallen und schließe die Augen. Meine Stirn landet an ihrer, und ich atme ihren reinen Duft ein, der sich mit dem der Tiere vermischt hat, bei denen sie zweifellos bis eben war. Sie muss Robin und Amanda geholfen haben, und ich will deswegen vor ihr auf die Knie gehen. Stattdessen bleibe ich sitzen und hole tief Luft.

»Ich weiß nicht, wo ich anfangen soll«, gestehe ich murmelnd, doch Winter sagt nichts. Sie wartet geduldig, gibt mir die Zeit, die ich brauche, und legt ihre Hand in meinen Nacken, um mit den Fingerspitzen darüberzustreichen.

Ich erschaudere unter der Berührung, die so fremd für uns beide ist, und bin zugleich dankbar und stolz. Stolz, weil sie es versucht. Weil ich die wahnwitzige Hoffnung habe, dass sie irgendwann doch Zärtlichkeit erträgt, wenn sie es schafft, sie zu schenken.

»Du musst von mir runter«, flüstere ich heiser. »Ich kann nicht klar denken, wenn du auf mir sitzt und dich so bewegst.«

Sie scheint es nicht zu merken, aber ihr Becken reibt in langsam kreisenden Bewegungen über meinen immer härter werdenden Schwanz, und als ich den Kopf hebe, sieht sie mich mit beinah beschämtem Blick an und zupft mit den Zähnen an ihrer Unterlippe.

Bevor ich mich vergesse, drehe ich uns auf dem Stuhl um hundertachtzig Grad, rolle zurück an den Schreibtisch und hebe sie von meinem Schoß, um sie kurzerhand auf der Tischplatte abzusetzen.

»Du bist mein Untergang«, sage ich kopfschüttelnd und will etwas zurückrollen, damit ich ihr nicht mehr so nah bin, doch sie hakt ihre Füße unter meinen Knien ein und hält mich so an Ort und Stelle.

»Erzähl es mir endlich, Dante«, bittet sie ernst, und weil sie mich in der Hand hat und ich ihr keinen Wunsch abschlagen kann, gehorche ich.

FÜNFZEHN
DANTE

»Vor zweiunddreißig Jahren lernte Emilia, eine wunderschöne, liebevolle und lebensfrohe Frau, einen Mann kennen. Sie verliebte sich Hals über Kopf in ihn, weil er charmant und wortgewandt war«, beginne ich, zu erzählen.

»Was sie jedoch nicht wusste, war, dass dieser Mann eine Schwäche für Glücksspiele hatte. Also heiratete sie ihn, zog mit ihm auf die Ranch, die sie nach dem Tod ihrer Eltern geerbt hatte, und glaubte, dass die perfekte Zukunft vor ihr liegt. Gemeinsam würden sie die Rinderzucht weiterführen und ein einfaches, aber glückliches Leben führen. Sie würden zwei Kinder bekommen – einen Jungen und ein Mädchen –, und irgendwann würde der Sohn die Ranch übernehmen, während Emilia und ihr Mann mit ihren Enkelkindern auf der Veranda sitzen und sie mit Schokolade und anderem Süßkram vollstopfen.«

Ich wiederhole die Worte so, wie ich sie erzählt bekommen habe. Dabei lasse ich keine Silbe aus; streiche nichts. Ich ändere lediglich die Erzählperspektive, doch alles andere behalte ich bei, weil Emilia es verdient, dass ihre Worte gehört werden. Dass ihr Traum nicht vergessen wird.

Zumindest so lange, bis er zum Albtraum wurde.

»Ihr Mann, Matteo, fand das Leben auf der Ranch schrecklich. Er hasste alles daran. Den Gestank. Die harte Arbeit. Die Tiere. Er verabscheute es, aber Emilias Erbe war mehr, als er und seine Familie je hatten. Sie war ein Glücksgriff für ihn. Ein Sechser im Lotto. Der Jackpot.«

Ich verziehe das Gesicht, weil Wut in mir aufkeimt. Winter entgeht es nicht, und sie streicht mit dem Daumen über meinen Mundwinkel, was mich tief durchatmen lässt. Für einen Augenblick erlaube ich es mir, abzudriften, und nehme ihren Finger zwischen meine Lippen, um ihn mit der Zunge zu umkreisen und daran zu saugen. Sie beobachtet mich dabei genau, bis sie ihre Hand zurückzieht und den Finger ableckt.

Meine Lider fallen zu, weil ich sonst nicht weitererzählen kann. Wenn ich ihr auch nur eine Sekunde länger dabei zusehe, vergesse ich alles und nehme sie gleich hier auf dem Tisch. Also räuspere ich mich und spreche mit geschlossenen Augen weiter, wobei ich mich zurücklehne und die Bilder der Geschichte nun vor meinem geistigen Auge ablaufen.

»Matteo wurde mit der Zeit immer unglücklicher, obwohl er alles hatte, wovon er hätte träumen können. Eine wundervolle Frau. Ein Dach über dem Kopf. Eine ehrliche und sichere Arbeit, die seinen Kühlschrank füllte. Trotzdem verschwand er immer öfter. Er redete sich raus und verbrachte die Nächte im nächsten Ort, wo er das Geld, das die beiden mit der Viehzucht einnahmen, verspielte. Dann kam er betrunken nach Hause und fiel im besten Fall sofort ins Bett, um seinen Rausch auszuschlafen.

Für Emilia zerbrach ihre Zukunft vor ihren Augen. Sie rang mit sich, wollte sich nicht eingestehen, dass sie sich in

Matteo getäuscht hatte, wusste aber auch, dass sie die Arbeit auf der Ranch niemals allein stemmen könnte. Am schlimmsten aber war, dass sie ein Kind von ihm erwartete. Den Jungen, den sie sich immer gewünscht hatte. Den großen Bruder für das Mädchen, das folgen sollte, damit er auf seine Schwester aufpassen und ihr nie etwas zustoßen würde. Also legte sie all ihre Hoffnung in dieses Baby. Wenn Matteo es erst sehen würde, sagte sie sich, würde er aufhören, zu spielen. Er würde nicht mehr betrunken nach Hause kommen und alles dafür tun, dass sein Sohn glücklich und wohlauf ist.«

Ich öffne die Augen wieder und schaue direkt in die klaren, wolkenblauen Iriden von Winter. Sie erwidert meinen Blick, doch ich kann nicht darin lesen, was sie denkt oder fühlt.

Erst jetzt nehme ich wahr, dass meine Hände an ihren Oberschenkeln liegen und meine Fingerkuppen sich in ihr weiches Fleisch bohren, doch Winter lässt es mich tun, weil sie zu spüren scheint, wie verkrampft ich bin. Ich fühle mich wie ein Gummiband, das so gespannt ist, dass es jeden Augenblick reißen wird, und Winter hilft mir dabei, dass das nicht passiert.

»Emilia hat sich geirrt«, sage ich tonlos. »Der Sohn machte seinen Vater nicht glücklicher. Er würde ihren Traum nicht zur Wirklichkeit werden lassen und auch keine Schwester bekommen.«

»Wieso?«, fragt Winter flüsternd, als ich stocke.

»Weil ein Kind diese Bürde niemals tragen kann. Es kann keine Ehe retten und einen verbitterten Mann nicht heilen. Und weil der Junge mit einer Krankheit zur Welt kam, die seinen Eltern eine Scheißangst machte und ihnen zugleich das Leben erschwerte.

Matteo hasste ihn abgrundtief. Auch sein Hass auf Emilia

wuchs ins Unermessliche, weil sie einen Krüppel auf die Welt gebracht hatte, den man nicht aus den Augen lassen konnte.

Ständig stieß der Junge sich an etwas, schnitt sich, brach sich die Knochen oder verbrannte sich. Aber er merkte es nicht und kam oft blutüberströmt ins Haus, nachdem er draußen gespielt hatte. Immer wieder mussten sie mit ihm ins Krankenhaus fahren. Er fraß ihnen die Haare vom Kopf, und zusammen mit der Spielsucht von Matteo wurde das Geld immer knapper.

Emilia versuchte, auf ihren Mann einzureden. Ihn irgendwie dazu zu bringen, den Sohn anzunehmen und zu lieben und mit dem Spielen aufzuhören. Aber Matteo war nicht dazu bereit, weswegen sie immer heftiger stritten. Es wurde hässlich, woraufhin ihr Sohn irgendwann versuchte, sich seinem Vater entgegenzustellen. Denn anders als seine Mutter konnte er schließlich keinen Schmerz fühlen. Er spürte es nicht, wenn Matteos Gürtel ihn traf oder er gegen Möbel gestoßen wurde. Es war ihm egal, ob sein Vater ihm die Knochen brach, weil er seine Mutter damit beschützen konnte.

Aber der Junge war noch zu klein. Er hat nicht begriffen, dass es seinen Vater nur rasender machte, dass er nicht weinte oder ihn anflehte, aufzuhören. Matteo drehte regelrecht durch, weil die Prügeleien seinem Sohn nichts anhaben konnten. Also ließ er seine Wut wieder an Emilia aus. Es war die Hölle. Er schlug sie, und der Junge ging dazwischen. Dann schlug er seinen Sohn und sperrte ihn weg, um Emilia im Anschluss noch brutaler zu schlagen, während der Junge hilflos zuhören musste.

Bis es eines Tages nach einem Schlag polterte und totenstill wurde.

Matteo hatte seine Frau so fest geschlagen, dass sie stürzte und mit dem Genick auf dem Couchtisch aufschlug. Sie war sofort gelähmt. Ein Pflegefall. Ein weiterer Krüppel.

In dem Jahr, das darauf folgte, fuhr der Junge oft heimlich ins Krankenhaus, um seine Mutter zu besuchen, doch sie war nicht mehr anwesend. Sie lag nur da, während ihr Körper noch irgendwie funktionierte, aber ihr Hirn es nicht mehr konnte. Hier und da sprach sie ein paar wirre Worte, doch die Frau, die sich eine glückliche Zukunft erhofft und ihren Sohn mehr geliebt hatte als alles andere, war fort. Sie war nur noch ein Schatten ihrer selbst. Eine leere Hülle. Und obwohl der Junge wusste, wie rasend es seinen Vater machen würde, fuhr er dennoch weiterhin ins Krankenhaus. Er schwänzte hier und da ein paar Unterrichtsstunden; gerade so viele, dass die Schule seinen Vater nicht anrufen würde. Die Zeit verbrachte er am Krankenbett seiner Mutter, bis er nach Hause fuhr und dort die Arbeit übernahm, die sie nicht mehr machen konnte. Er kümmerte sich um die vier Pferde, die noch auf der Ranch waren, obwohl sein Vater die Rinderzucht mehr und mehr aufgab. Matteo verkaufte das Schlachtvieh zwar noch, zog aber keine neuen Kälber mehr auf. Nur die Pferde blieben und wurden zu den besten Freunden des Jungen.

Aber er merkte schnell, dass er damit einen weiteren Fehler begangen hatte. Es war ein Fehler gewesen, sich so aufopferungsvoll um die Tiere zu kümmern, weil es seinem Vater natürlich nicht entging. Ebenso, wie ihm nicht entgangen war, dass der Junge heimlich seine Mutter besuchte. Und als Matteo begriff, wie viel seinem Sohn an den Pferden lag, hatte er endlich wieder etwas, womit er ihn bestrafen konnte. Dafür, dass der Junge krank und ungehorsam war und sein eigenes Leben so schieflief.«

Winters Augen sind glasig. Ich kann deutlich sehen, wie sie gegen die aufsteigenden Tränen ankämpft, aber sie ist so tapfer … Sie ist so stark, dass sie sie irgendwie zurückhält, damit ich nicht wieder den Verstand verliere. Weil sie weiß, wie wichtig diese Geschichte ist, die ich gerade erzähle.

»Anstatt seinen Sohn zu verprügeln, schlug Matteo nun die Pferde. Manchmal band er ihn dabei an einen Pfosten im Stall, damit er zusehen musste. Der Junge hatte keine Chance. Er war gerade mal zwölf Jahre alt, als es das erste Mal passierte. Und Matteo war schlau. Zwar hatte er nicht viel Ahnung von Tieren, aber er merkte schnell, dass die Pferde mehr und mehr Angst vor ihm bekamen. Also nahm er sich immer das gleiche vor, bis es irgendwann so voller Furcht und Verzweiflung war, dass es für Matteo zur Gefahr wurde. Dann hat er es vor den Augen des Jungen erschossen, das nächste Pferd verprügelt und seinem Sohn damit gedroht, seine Mutter ebenfalls zu töten, wenn er auch nur ein weiteres Mal zu ihr fahren oder jemandem etwas erzählen würde.

Als nur noch ein Pferd übrig war – es war das liebste Pferd des Jungen; eine schwarze, gutmütige Stute mit drei weißen Fesseln –, hatte der Junge seine Mutter aus Angst vor Matteo seit Jahren nicht besucht. Aber er hielt es nicht mehr aus. Er musste sie sehen. Sie war schließlich seine Mutter und hatte ihn über alles geliebt. Also fuhr er heimlich zu ihr. Doch sie war nicht mehr da.

Seine Mutter war tot, und der Junge wusste es nicht, weil sein Vater es ihm nicht gesagt hatte. Eine Krankenschwester teilte es ihm mit. Emilia hatte eine Lungenentzündung bekommen und war daran gestorben.

Als er merkte, dass sein Vater ihn all die Jahre weiterhin damit erpresst hatte, Emilia zu töten, wenn sein Sohn etwas verraten oder sich wehren würde, wurde er ganz ruhig. Er fuhr nach Hause, und weil es so spät war, wütete Matteo bereits. Vom Alkohol benebelt schlug er im Stall wie von

Sinnen auf die Stute ein. Immer wieder und wieder, bis Blut aus der offenen Haut des Tieres quoll und die Schreie den Jungen beinah zusammenbrechen ließen. Aber es war vorbei. Er würde das nicht länger zulassen. Matteo hatte nichts mehr gegen seinen Sohn in der Hand, also ging der Junge auf ihn los und riss ihn von dem Pferd weg.

Inzwischen war er nicht mehr das kleine, wehrlose Kind. Er war größer und vor allem kräftiger geworden, und er nutzte jede Unze dieser Kraft gegen seinen Vater. Er schlug, kratzte, biss und trat zu, bis es nicht mehr reichte und er nach den Werkzeugen griff, die im Stall herumlagen.

Er benutzte jedes einzelne, war selbst wie ihm Wahn und konnte nicht aufhören, weil es nun die Schreie seines Vaters waren, die durch den Stall dröhnten. Weil es das Blut von Matteo war, das im Stroh landete und in dem der Junge badete.

Es war wie ein Rausch. Sein Vater schrie so wundervoll, und das Blut war wie eine Droge für den Jungen, so dass er immer mehr und mehr davon vergoss, bis irgendwann kein Tropfen mehr in Matteos Körper war.«

Wie jedes Mal, wenn ich an diesen Teil der Geschichte denke, ist mein Atem flacher und mein Herzschlag beschleunigt sich. Es ist eine Mischung aus purer Ekstase und grauenvollem Schrecken, die durch meine Adern fließt, weil das der schönste und zugleich grausamste Teil ist.

»Als der Junge begriff, dass sein Vater nicht mehr atmete, ließ er von ihm ab. Es hatte nicht lange gedauert; vielleicht zehn Minuten oder zwanzig. Instinktiv hatte er genau gewusst, wie er es machen musste, damit es schnell und zugleich so schmerzhaft wie möglich geht.

Er rappelte sich auf und wollte zu der Stute gehen. Wollte ihre Wunden versorgen, wie er es schon unzählige Male zuvor getan hatte. Doch als er die Box betrat, war sie bereits tot.

Der Junge hatte sie alle umgebracht. Seine Mutter. Matteo. Und die vier Pferde, die er so sehr geliebt hatte. Sie alle waren wegen ihm gestorben.

Für einen Moment überlegte er, sich ebenfalls zu töten, doch dann entschied er, dass er es wiedergutmachen würde. Dass er einen Weg finden würde, um all das irgendwie gutzumachen, auch wenn es die Schuld nie von ihm nehmen würde. Und er wusste auch, wie er das schaffen könnte. Er hatte es gerade getan, also würde er es auch wieder tun können. Dafür musste er jedoch sterben.

Der Sohn von Emilia und Matteo musste sterben, um weiterleben zu können, also griff er nach einer Zange und zog sich drei Zähne. Da war kein Schmerz, und er schluckte das Blut runter, während er in sein Zimmer ging und die Zähne auf sein Kopfkissen legte.

Anschließend holte er alle Benzinkanister, die er im Geräteschuppen und in der Scheune finden konnte, und ertränkte alles in Treibstoff. Außer ihm war schließlich niemand mehr da. Keine Arbeiter, keine Eltern, keine Tiere. Alle waren gegangen oder gestorben. Und in dieser Nacht würde auch er sterben. Zumindest wäre es das, was die Polizei glauben würde, wenn sie die Überreste seiner Zähne fänden.

Also zündete der Junge das Haus an. Und danach den Stall und die Scheune. Er setzte alles in Brand, bis die Flammen so hell loderten wie die Sonne. Dann stieg er in das Auto seines Vaters und fuhr davon, ohne auch nur ein einziges Mal zurückzublicken.«

Die Stille, die sich um uns legt, wird nicht mal mehr vom Gerede der Nachrichtensprecher unterbrochen, weil Winter irgendwann den Ton ausgeschaltet haben muss. Ich war so vertieft, dass ich es nicht gemerkt habe, während ich in ihren Augen versunken bin und erzähle.

Doch mit jeder Minute, die vergeht, wird die Stille drückender.

Ich will gerade ansetzen, etwas zu sagen, als Winter von der Tischkante rutscht und sich auf meinen Schoß setzt. Sie nimmt all ihre Kraft zusammen und legt ihre warmen Hände an meine Wangen, wobei sie mich nicht aus den Augen lässt.

»Der Junge«, sagt sie leise. »Er muss aufhören, sich die Schuld daran zu geben. Er konnte nichts für das, was geschehen ist, verstehst du?«

Doch, Winter. Es war seine Schuld.

Wäre er nicht gewesen, hätte Emilia sich von Matteo getrennt. Wenn er nicht krank wäre, hätte sein Vater ihn vielleicht lieben können. Er hätte nicht versucht, sich zwischen Matteo und seine Mutter zu stellen, und es wäre nie dazu gekommen, dass Matteo die Pferde zu Tode prügelte.

Nichts davon wäre passiert, wenn er nicht gewesen wäre. Darum musste er sterben.

»Wie hieß der Junge?«, fragt Winter flüsternd und streicht dabei unentwegt über meine Wangen. Sie scheint so in der Geschichte gefangen zu sein, dass sie ihre eigene tatsächlich für einen Moment vergisst, und ich weiß nicht, ob ich das ertrage.

»Der Junge, der damals in dem Haus gestorben ist, hieß wie sein Vater. Es war eine Familientradition, und obwohl Emilia ihrem Sohn einen anderen Namen geben wollte, ließ sie es zu«, antworte ich ebenso leise.

»Welchen Namen wollte sie ihm geben?«

»Du weißt, welcher Name es war, Winter.«

SECHZEHN
WINTER

Dante. Der Sohn von Emilia heißt Dante, und er trägt noch immer die Schuld des Jungen und versucht, es wiedergutzumachen, indem er all diese Tiere rettet, weil er die Leben der vier Pferde und das seiner Mutter nicht retten konnte. Er gibt alles, was er hat, um Vergebung für etwas zu erhalten, das nicht seine Schuld ist.

»Wie alt warst du, als du deinen Vater getötet hast?«

Dantes Blick ist so fest in meinem verankert, dass ich es nicht mal wage, zu blinzeln. Ich bin mir sicher, dass er gerade bis auf den Grund meiner Seele schaut, so wie ich nun auch in seine sehen kann, nachdem er mir das erzählt hat.

»Sechzehn.«

»Und seitdem …«

»Seitdem töte ich Menschen.«

Ich unterdrücke ein Schaudern, weil ich mir nicht vorstellen kann, wie es ist, ein Leben zu beenden. »Hast du nie darüber nachgedacht, etwas … anderes zu machen?«

Er deutet ein Kopfschütteln an. »Nein.«

»Wieso?«

»Weil ich gut darin bin«, erwidert er seelenruhig.

Mit aller Kraft unterbreche ich den Blickkontakt, weil ein Teil von mir es schrecklich findet. Weil es barbarisch und falsch ist. Weil Dante ein Mörder ist und niemand das Recht haben sollte –

»Stell dir folgende Frage«, sagt er leise, als könne er meine Gedanken lesen, und regt sich zum ersten Mal seit einer gefühlten Ewigkeit unter mir. Seine Hand legt sich an die Seite meines Halses, der Daumen drückt mein Kinn nach oben, so dass ich ihn wieder ansehen muss.

»Ein Schlachter beendet jeden Tag das Leben unschuldiger Tiere, obwohl er es nicht muss. Seine einzigen Motive sind Völlerei und Habgier. Ich hingegen töte Menschen, die schreckliche Dinge getan haben. Die Leid und Schmerz und Trauer verursacht haben und es auch weiterhin täten, wenn ich sie nicht umbringen würde. Und jetzt sag mir, Winter Baby: Wer ist das größere Monster? Der Schlachter oder ich?«

Ich weiß, welche Antwort die richtige ist. Wie jeder normal denkende Mensch antworten würde und was mein Verstand mir diktieren möchte. Doch mein Herz … Mein Herz weiß, was die Wahrheit ist.

»Nicht du.«

»Nicht ich«, wiederholt er mit rauer Stimme, bevor sein Griff fester wird und er mich ganz nah an sein Gesicht bringt. Ich spüre seine tiefen Atemzüge, die meine Lippen streifen, und schließe instinktiv die Augen.

»Weißt du jetzt auch, wieso du hier bist?«, fragt er und lässt dann seine Zungenspitze einmal über meine Unterlippe gleiten, woraufhin mein Herzschlag aussetzt und meine Muskeln sich zusammenziehen.

Ich schüttle den Kopf.

Seine Zunge dringt in meinen Mund ein und streicht beinah träge über meine. Mir entkommt ein leises Stöhnen, wobei sich mein Rücken ohne mein Zutun durchbiegt und ich mich regelrecht an Dantes Brust presse.

»Weil du nichts getan hast, Winter. Du bist so rein und ohne Sünde ... So gut und unschuldig, dass ich dich nicht töten kann.«

»Ich wollte Selbstmord begehen«, erinnere ich ihn mit schwacher Stimme.

Er schnalzt kaum hörbar, wobei er ein Kopfschütteln andeutet. »Es ist nicht falsch, dem Schmerz entkommen zu wollen, wenn man ihn nicht mehr erträgt, Baby. Du hast keinen anderen Ausweg gesehen. Alles, was du wolltest, war, dass es aufhört. Du wolltest nicht dich töten, sondern den Schmerz.«

Dante verlangt nicht, meine Geschichte zu hören. Er spricht es nicht aus, aber offensichtlich ist er wie ich der Meinung, dass *eine* schreckliche Geschichte am Tag ausreicht. Stattdessen schaltet er die Fernseher aus, geht mit mir in sein Zimmer und tauscht den Anzug gegen Shirt und Jeans, während ich mich frage, wer von uns beiden verrückter ist.

Er, weil ganz offensichtlich zu viele Facetten in ihm stecken, oder ich, weil er für mich dennoch zu einem Fixstern geworden ist, der mich anzieht wie das Licht die Motte.

Vermutlich sind wir beide völlig wahnsinnig und von Sinnen. Und ich sollte damit aufhören, mir solche Fragen zu stellen, denn mit jeder Stunde, die ich hier bin, zeigt Dante mir eine weitere Facette von sich.

»Saßt du schon mal auf einem Pferd?«, fragt er, während wir durch den breiten Mittelgang des Stalls gehen und er dabei meine Hand fest in seiner hält.

Ich schüttle den Kopf und folge ihm in einen abgetrennten Raum hinten im Stall, in dem es nach Leder, Getreide und Pferd riecht. »Nein.«

Dante lässt meine Hand los und greift nach einer Bürste und zwei Zaumzeugen. Er drückt mir alles in die Hand und nimmt dann zwei große Sättel von ihren Haltern, um mit ihnen wieder nach draußen auf die Stallgasse zu treten. »Dann ist es höchste Zeit«, beschließt er. »Du wirst mir dabei helfen, die Tiere für die Nacht reinzutreiben.«

Ich reiße die Augen auf und sehe ihn schockiert an. »Was?«

Die Sättel landen auf dem Boden, bevor er mir die Zaumzeuge abnimmt und sie an einen Haken hängt. Dann greift er nach zwei Stricken, die an einem weiteren Haken hängen, und schaut mich grinsend an.

Er *grinst*, und es sieht so umwerfend aus, dass ich vergesse, worüber wir gerade reden.

»Glaubst du, ich würde dich in Gefahr bringen?«, will er wissen und macht einen Schritt auf mich zu, so dass er direkt vor mir steht und ich seine Körperwärme spüre.

»Nein«, murmle ich und sehe im Augenwinkel, dass er den Arm hebt, wobei sein Blick mich fesselt.

Beinah unerträglich langsam führt er seine Hand an eine Haarsträhne, die an meiner Wange liegt, und streicht sie hinter mein Ohr.

»Brauche ich keinen Helm?«, frage ich heiser, um nicht abzudriften, und bin selbst erstaunt darüber, dass ich die Worte formen kann, obwohl die Geste so bedacht, vorsichtig und zart war.

Dantes Augen funkeln, als er ein Kopfschütteln andeutet. »Nein, Baby. Ich werde da sein und dich auffangen, falls du fallen solltest.«

Dann legt er seine Hand in meinen Nacken, umgreift ihn mit festem Griff, weil er weiß, dass es sonst zu viel für mich ist, und küsst mich so einnehmend, dass ich mich an seinem Arm festhalten muss, weil meine Knie weich werden.

»Solange du bei mir bist, wird dir nichts passieren, Winter«, verspricht er eindringlich, als er sich wieder von mir entfernt. »Nichts, hast du verstanden?«

Ein winziger Teil von mir will aufhorchen, weil irgendwas an seinen Worten falsch klingt, doch ich komme nicht darauf, was es sein könnte.

Dante greift wieder nach meiner Hand, öffnet eine der Boxentüren und geht hindurch, so dass ich ihm folge. An der gegenüberliegenden Seite ist ein weiterer Durchgang, der nach draußen auf eine Koppel führt, auf der ungefähr ein Dutzend Pferde stehen. Ein paar sehen auf, als wir auf sie zugehen, doch manche ziehen sich zurück, weil sie vermutlich zu oft von Menschen misshandelt wurden. Dante geht geradewegs auf das schwarze Pferd vom Vortag zu – Blanket.

Ist es tatsächlich erst einen Tag her, dass ich das erste Wort mit ihm gewechselt habe? Hat er wirklich gestern erst meinen Überlebenswillen zurückgeholt, als er mich gegen die Wand presste und mich so verzweifelt, hasserfüllt und voller Hingabe genommen hat, als würde ich sonst vor seinen Augen verschwinden? Sind gerade mal dreißig Stunden vergangen, seit ich aufgegeben und akzeptiert habe, dass er für mich zu etwas geworden ist, ohne dass ich schon jetzt nicht mehr leben will?

Ja. Wir sind absolut wahnsinnig.

Zu sehen, wie Dante mit Blanket und der anderen Stute, die er von der Koppel geholt hat, umgeht, schnürt mir die Kehle zu. Nicht nur, weil er so einfühlsam und ruhig ist, sondern weil ich mir zum ersten Mal wünsche, er könnte auch zu mir so sein. Dass ich es ertragen könnte, wenn seine Hände mich so berühren. Mich so streicheln, während er mit beruhigender Stimme Worte in mein Ohr flüstert.

Ich bin so sehr in dem Wunsch versunken, dass ich gar nicht wahrgenommen habe, dass Dante beide Pferde gesattelt und aufgezäumt hat. Ehe ich mich versehe, hebt er mich auf Blankets Rücken und drückt mir die ledernen Zügel in die Hand.

»Halt dich am Sattelhorn fest, falls du Probleme mit dem Gleichgewicht bekommst«, weist er mich an und befestigt einen Strick an Blankets Zaumzeug, welchen er in der Hand behält, als er sich in den Sattel der anderen Stute schwingt.

Ich spüre unterdessen, wie Blanket unter mir Luft holt, und klammere mich tatsächlich an dem ledernen Horn fest, das vor meinem Schoß aus dem Sattel ragt. Dann schnalzt Dante mit der Zunge und treibt seine Stute an, woraufhin Blanket sich ebenfalls in Bewegung setzt. Ich presse meine Schenkel gegen den Rumpf des Tieres, als es den Kopf auf und ab bewegt, als würde es heftig nicken.

»Sei nicht so eine Dramaqueen, Blanket«, sagt Dante und zupft leicht an dem Strick, wobei er jedoch lächelt und dann zu mir sieht. »Sie liebt Aufmerksamkeit, aber lass dich nicht von ihrem Gehabe täuschen. Sie würde dich niemals abwerfen.«

Gern würde ich seine Worte glauben, doch obwohl es absolut wahnwitzig ist, habe ich auf dem Rücken der Stute mehr Angst, als ich es jemals in Dantes Griff hatte. Sie ist so groß und kräftig und ich sitze so unfassbar *hoch* … Der Boden scheint meilenweit entfernt zu sein, und mein Körper versteift sich, was es mir nur schwerer macht, den wiegenden Schritten zu folgen.

»Winter.«

Dantes Stimme lässt mich aufblicken.

Er pfeift leise, woraufhin Blanket sofort stehen bleibt, und lässt seine Stute einen Schritt zur Seite gehen, so dass sich unsere Unterschenkel berühren. Dann hebt er seine Hand und umgreift mein Kinn, damit ich mich auf ihn konzentriere.

»Vertraust du mir?«, fragt er mit hypnotisierendem Ton, und ich nicke augenblicklich, wohlwissend, dass mich das als unzurechnungsfähig gelten lässt.

»Schließ die Augen.«

Ich tue, was er verlangt, während Blanket unter mir ungeduldig mit dem Huf scharrt. Doch ich nehme es kaum wahr, weil sich Dantes Lippen auf meine legen. Er knabbert an ihnen – quält mich, indem er an der Grenze zwischen Schmerz und Zärtlichkeit entlangwandert –, bis ich so benommen bin, dass ich vergesse, wo ich mich befinde, und mein Körper sich entspannt. Ich gebe ein leises Stöhnen von mir, während seine Hand in meine offenen Haare gleitet, und merke, dass ich kurz davor bin, in meiner eigenen Hölle zu versinken, als Dante sich von mir entfernt und Blanket sich wieder in Bewegung setzt.

Kopflos und durcheinander, wie ich bin, lasse ich mich

von den Schwingungen ihrer Schritte treiben, und als ich die Augen wieder öffne, ist die Panik verschwunden.

Ich schaue zu Dante, der mich mit einem Ausdruck im Gesicht betrachtet, den ich nicht deuten kann. Es könnte Ehrfurcht sein. Oder Wahnsinn. Ich bin mir nicht sicher, doch dann legt sich ein wölfisches Grinsen auf seine Lippen, bevor er erneut schnalzt – dreimal direkt hintereinander – und ein Ruck durch Blanket geht.

Die beiden Pferde verfallen in einen leichten Galopp, und ich schreie vor Schreck kurz auf.

»Dante!«, rufe ich entsetzt, doch die kraftvollen Bewegungen von Blanket sind so voller Leben, dass ich dabei lache.

Der Wind weht mir die Haare aus dem Gesicht, und die Galoppsprünge der Stute sind so wiegend und ruhig, dass ich gar nicht fallen *kann*. Es ist beinah so, als würde ich in einem Schaukelstuhl sitzen. Zugleich fühle ich das Leben in diesem Moment so intensiv durch meinen Körper strömen, dass es mir Tränen der Freude in die Augen treibt, die glücklicherweise sofort vom Wind getrocknet werden.

Als ich zu Dante sehe, habe ich das Gefühl, einen anderen Menschen vor mir zu haben. Zum ersten Mal wirkt er völlig entspannt. Da ist keine Verzweiflung in seinem Blick. Kein Zorn, keine Gewalt, keine Besessenheit. Nur pure Freiheit und Glück. Nicht einmal die Schuld, die vor einer Stunde noch in seinen Augen schwamm, ist mehr zu erkennen.

Mir wird klar, dass ich gerade den Mann sehe, der aus Dante hätte werden können, wenn sein Leben anders verlaufen wäre. Wenn er nicht Matteos Sohn wäre. Wenn er die Misshandlungen seiner Mutter nicht hätte ertragen müssen. Wenn er ihren Tod nicht hätte betrauern und dabei zusehen müssen, wie sein Vater die Pferde vor seinen Augen quälte und dann erschoss.

Hätte Dante seinen Vater nicht getötet, hätte er auch den Jungen nicht umbringen müssen und wäre zu jemandem geworden, dessen Herz aus Gold gewesen wäre. Er wäre zu dem Dante geworden, den ich gerade sehe, und die Erkenntnis zerreißt mir die Seele, weil ich weiß, dass der Junge verschwinden wird, sobald Dantes Füße den Boden berühren. Er wird erneut sterben, und es wird nur diese gebrochene, wütende Seele zurückbleiben, die irgendwie versucht, eine Schuld abzubezahlen, die sie sich nie hätte aufbürden dürfen.

Während wir die Tiere in den Stall getrieben haben, entfernte Dante irgendwann den Strick von Blankets Zaumzeug. Er erklärte mir, was ich tun muss, um die Stute zu lenken, und sie folgte meinen ungeschickten Befehlen sofort.

Ich habe erwartet, dass es ein riesiges Durcheinander werden würde, aber die Tiere scheinen genau zu wissen, wo sie hinlaufen sollen. Die Kühe finden sich als Gruppe in einem großen, abgetrennten Teil des Stalls ein. Die Schafe und Ziegen haben einen eigenen Bereich, den sie sich teilen. Die zwei Esel laufen zielstrebig in eine Box, während die Pferde zum Großteil voneinander getrennt untergebracht sind.

Robin hat während unserer Abwesenheit das Stalltor geschlossen und die innenliegenden Türen der einzelnen Boxen und Bereiche geöffnet. Das Klappern der unzähligen Hufe der Tiere, die über den Betonboden des Mittelgangs laufen und sich verteilen, als wäre es eine einstudierte Choreografie, ist einige Minuten lang das einzige Geräusch.

Ich sitze noch auf Blanket, nachdem ich mich geduckt

habe, damit sie mit mir auf dem Rücken durch eine der offenen Türen gehen konnte, und beobachte das Chaos, das gar keines ist. Robin und Dante schließen unterdessen die Boxentüren und Gatter, wobei Dante ebenfalls weiterhin auf seiner Stute sitzt.

Es ist faszinierend und unglaublich fesselnd, zu beobachten, wie er und das Tier miteinander zu einer Einheit verschmelzen. Als würde das Pferd Dantes Gedanken hören, bewegt es sich geschmeidig und leichtfüßig zwischen den anderen Tieren und macht es Dante leicht, von seinem Rücken aus die Riegel vorzuschieben. Es ist wie ein Tanz, dem ich ewig zusehen könnte.

Sobald alles verschlossen ist und das Rascheln und Kauen der Tiere den Stall erfüllt, steigt Dante ab und kommt zu mir. »Schwing dein Bein über ihren Hals.«

Ich folge seiner Anweisung, und seine Hände landen an meinen Hüften, um mich aus dem Sattel zu heben und auf dem Boden abzustellen. Meine Beine sind etwas wacklig, und ich kann jetzt schon den Muskelkater fühlen, den ich in den nächsten Tagen haben werde, doch Dantes Blick ruht mit solcher Intensität auf mir, dass allein das es wert ist.

»Hat es dir gefallen?«, will er wissen, wobei seine Hände sich von mir lösen, und ich sie augenblicklich vermisse.

»Ja«, antworte ich nickend und lächle dann, was ihn grinsen und seine Augen regelrecht aufleuchten lässt. Da blitzt etwas in ihnen, das mich nach Luft schnappen lässt.

Plötzlich fliege ich durch die Luft, um einen Herzschlag später auf Dantes Schulter zu landen, während sein Arm meine Oberschenkel umgreift.

»Kümmere dich um die Pferde«, ruft er Robin zu, während er mit großen Schritten aus dem Stall geht.

Ich bin so schockiert und überrascht, dass ich erst kein

Wort rausbringe, doch dann schlage ich mit der Faust auf seinen Hintern ein. »Was soll das?«, verlange ich zu wissen, woraufhin er leise und grollend lacht, da ihm nicht entgeht, dass ich dabei lächle.

Ja, ich lächle, weil es sich so herrlich normal anfühlt, auch wenn ich womöglich nicht dazu in der Lage bin, wirklich einzuschätzen, was als *normal* gilt. Aber wie er mich über die Schulter geworfen hat – mit einem durchtriebenen und zugleich glücklichen Grinsen auf den Lippen … Das macht etwas mit mir, das mein Herz zum Schmelzen bringt.

Dante sagt kein Wort. Weder, als ich halbherzig protestiere und schimpfe, noch, als er mich ins Haus und auf direktem Weg in sein Badezimmer trägt. Stattdessen landet seine flache Hand auf meiner Pobacke, was mich aufkeuchen lässt, doch es ist weniger vor Schmerz als vor Schreck. Dann packt er mich mit beiden Händen und hebt mich von seiner Schulter, wobei er mich an seinem Körper entlanggleiten lässt und ich genau spüre, warum er mich so primitiv hierher gebracht hat.

Hart und fordernd drückt sich seine Länge gegen den Stoff der Jeans und meinen Bauch, während ich zu ihm aufsehe und die Schenkel zusammenpresse. Ohne den Blick von mir zu lösen, greift er in die Dusche und dreht das Wasser auf, bevor er sich die Kleidung vom Leib reißt.

Mit trockenem Mund beobachte ich das Spiel seiner Muskeln und wie die vielen Bilder sich bewegen. »Haben sie eine Bedeutung?«, frage ich abwesend, während mein Blick über seinen atemberaubenden Körper gleitet, der so ganz anders ist als der von Victor. Groß und wohlgeformt, vor Kraft strotzend und männlich. Mit der braungebrannten Haut und den unzähligen Narben und Tattoos sieht er aus wie ein wütender Gott, der mehr Kämpfe ausgefochten hat, als man zählen könnte.

»Jedes einzelne hat eine«, erwidert Dante mit tiefer Stimme. »Aber wir werden jetzt nicht über meine Tattoos reden, Winter Baby. Du gehörst für die nächsten Stunden mir, und ich werde nicht zulassen, dass irgendetwas mich davon abhält, dich so zu genießen, wie du es verdienst.«

Dann greift er nach dem Saum meines Shirts und zieht es mir aus, während sich sämtliche Gedanken in meinem Kopf in Nichts auflösen. Ich schaffe es nicht mal, mit einem Okay zu antworten oder zu nicken. Und dabei drifte ich gerade kein bisschen ab.

Meine Haare fallen auf meinen nackten Rücken, während ich in das dunkle Braun von Dantes Iriden schaue, das nun beinah schwarz wirkt, als er vor mir niederkniet und den Knopf meiner Hose öffnet. Dabei verschlingt er mich regelrecht mit den Augen, und die Intensität seines Blickes lässt meinen Atem flach werden.

Er zerrt am Reißverschluss, und ehe ich mich versehe, stehe ich nackt vor ihm. Seine Bewegungen waren dabei fahrig und ungeduldig, und ich will ihm gerade dafür danken, dass er trotz seiner Bedenken und Schuldgefühle so zu mir ist, als er seine Arme um meine Oberschenkel schlingt. Mit Leichtigkeit hebt er mich hoch und legt meine Beine über seine Schultern, so dass ich in sein Haar greife, um nicht das Gleichgewicht zu verlieren. Anschließend tritt er in die Dusche, in der uns heißes Wasser empfängt und abermillionen Wassertropfen auf sein Gesicht hinabregnen, um sich in seinen Wimpern zu verfangen. Mein Rücken landet an den kühlen Fliesen, und Dante sieht mit einem schier unmenschlichen Hunger zu mir auf.

Von dem Jungen, den ich vorhin auf dem Pferd gesehen habe, ist nichts mehr zu erkennen. Da ist nur noch Dante, und mir wird klar, dass ich ihn genauso haben will, wie er ist. Roh, gebrochen und zu Dingen fähig, die ich mir vermutlich in meinen schlimmsten Albträumen nicht ausmalen kann, aber dennoch mit dem Herz aus Gold. Denn ich lag falsch. Der Junge lebt noch immer in ihm. All das Gute, das ihn ausgemacht hat, ist noch da, nur hat Dante entschieden, dass niemand verdient, es zu sehen. Dass niemand dieses wundervolle Herz aus Gold verdient, das in seiner Brust schlägt und ihn zum besten Menschen macht, den ich mir vorstellen kann.

Niemand. Bis auf mich.

»Erinnerst du dich daran, was du tun sollst, wenn es zu viel wird?«, fragt er heiser.

Ich brauche einen Moment, um seine Frage in meinem Kopf zusammenzusetzen und die Worte zu formen, doch dann nicke ich. »Ja. Blinzeln oder mit den Fingern schnipsen«, antworte ich atemlos, weil sich mein Unterleib schon jetzt sehnsuchtsvoll zusammenzieht.

»Braves Mädchen«, gibt er grollend zurück, bevor er zwischen meinen Beinen versinkt und mit seiner Zunge in mich eintaucht.

Mein Kopf fällt augenblicklich nach hinten und gegen die Wand, weil die Berührung so intensiv ist. Er schmeckt mich, saugt mich aus, bis ich nur noch aus lustvollem Stöhnen und zuckenden Muskeln bestehe.

Ich vergrabe meine Finger in seinem Haar, klammere mich mit den Schenkeln an seinem Hals fest und genieße alles, was er mir gibt. Die Bisse. Seine kräftigen Zungenschläge. Den festen Griff um meine Beine, der mich erdet, während er mich immer höher treiben lässt, bis ich meinen Körper nicht mehr spüre und fast davonfliege. Bis sein Name, der unentwegt über meine Lippen kommt, von den Wänden widerhallt und ich befürchte, das Bewusstsein zu verlieren.

Als seine Zähne über meinen empfindlichsten Punkt

streifen und sich darin versenken, lässt mich der Schmerz von der Klippe springen. Ich falle und falle und falle, während Dante mich auffängt, indem er seinen Mund um mich schließt und meine Erlösung trinkt, bis ich in seinen Armen erschlaffe und er mich von seinen Schultern hebt.

Ich schnappe noch immer nach Luft, als er mich umdreht und seine Finger sich um mein Genick schließen. »So tapfer«, murmelt er dabei und drückt meine Wange gegen die Wand, bevor er mein Bein packt, es anwinkelt und mit einer fließenden Bewegung von hinten in mich eindringt. »Du bist der tapferste Mensch, den ich je gesehen habe.«

Mein Stöhnen übertönt das Rauschen des Wassers, das auf uns niederprasselt, als er seinen Körper gegen meinen presst und mich mit langsamen, tiefen Stößen nimmt.

»Weißt du, wer hinter dir steht, Baby?«, fragt er mit abgehacktem Atem, bevor er mir in die Schulter beißt. »Wer da bis zum Anschlag in dir ist?«

Mit geschlossenen Augen versuche ich, Sauerstoff in meine Lunge zu bekommen, um ihm zu antworten. »Ja«, bringe ich atemlos heraus, bevor mir die Stimme wieder versagt.

»Sag es«, knurrt er. »Sag, wer es ist.«

Seine Stöße werden immer schneller, und meine Muskeln verkrampfen sich um ihn, so dass sich jeder Zentimeter von ihm noch unglaublicher anfühlt.

»Winter Baby …« Er beißt erneut in meine Schulter, und als ich die Augen öffne, sehe ich, dass sich das Wasser zu unseren Füßen rosa färbt. »Antworte mir.«

»*Du*, Dante«, keuche ich. »Du bist es.«

»Ganz genau.« Dann werden seine Bewegungen noch einnehmender, erbarmungsloser und wundervoller, und als seine Hand um mich herumgreift und meinen Bauch hinabgleitet, damit seine Finger mich massieren können, fühlt es sich an, als würde er mich töten. Ja, ich werde jeden Moment in Dantes Armen sterben, weil er mich umbringt. Weil ich unter seinen Berührungen zersplittere und nichts mehr von mir übrig bleibt außer seinem Namen auf meinen Lippen, als er ebenfalls explodiert.

SIEBZEHN
DANTE

Winter ist so erschöpft, dass sie sich von mir in mein Zimmer tragen lässt. Ich kann sie sanft aufs Bett legen und die Decke über ihr ausbreiten, ohne dass sie sich verliert. Sie ist so tapfer, mutig und stark, dass ich es nun bin, dem beinah die Tränen in die Augen steigen, als sie ihre Hand nach mir ausstreckt, weil ich mich wieder aufrichten will.

»Nicht«, murmelt sie mit kratziger Stimme. »Leg dich zu mir.«

Ich presse die Kiefer aufeinander und schließe meine Augen, weil es so verlockend ist, ihr nachzugeben. Sie unter meinen Berührungen erzittern zu lassen und ihr Blut zu schmecken, versetzt mich in Ekstase und ist unvergleichlich. Doch ich würde alles dafür geben, sie jetzt in meinen Armen zu halten. Um sie zu streicheln, ihr schöne Worte zuzuflüstern und sie dabei zärtlich zu küssen.

Mag sein, dass ich ein kaltblütiger, skrupelloser Killer bin. Dass der Geschmack von Winters Blut für mich wie eine Droge ist, von der ich nicht genug bekomme. Dass ich weiß, wie fest ich ihre Kehle umschließen und wie lange ich ihr den Atem nehmen kann, ohne sie zu töten. Dennoch bedeutet das nicht, dass es alles ist, was ich will.

Ich verzehre mich danach, sanft zu ihr zu sein. Ihr Wärme und Geborgenheit zu spenden, ohne sie dabei zu verletzen. Ich will sie umarmen können und ihren Körper an meinem spüren, ohne dabei darüber nachzudenken, wie weit ich gehen kann. Will ihr all das geben, was sie verdient, und sie anbeten. Ich will sie nicht immer daran erinnern müssen, dass ich es bin, der sie berührt. Ich will liebevoll zu ihr sein, auch wenn ich von dem Konzept Liebe nichts halte und es verachte.

Ich will all das, und Winter kämpft so sehr dafür, dass es mich schier umbringt.

»Du bist nicht er«, flüstert sie. »Ich werde es nicht vergessen. Also bitte, Dante …«

Sie wünscht es sich ebenso wie ich, also gebe ich nach und hebe die Decke an, um mich neben sie zu legen. Behutsam schlinge ich meine Arme um sie und ziehe ihren Körper an meine nackte Brust, so dass ich jeden ihrer Atemzüge auf meiner Haut spüre. Meine Hand legt sich an ihren Rücken, doch ich wage es nicht, sie zu streicheln, obwohl sich jedes Atom in mir danach verzehrt. Stattdessen wickle ich eine dicke Strähne ihrer nassen, langen Haare um meine Finger und streiche immer wieder mit dem Daumen darüber.

Winters Hand presst sich an meinen Oberkörper, und sie holt so tief Luft, dass ich befürchte, sie gleich schreien zu hören, weil es zu viel für sie ist. Doch dann stößt sie sie mit einem tiefen Seufzen wieder aus und schmiegt sich noch enger an mich.

»Das ist schön«, murmelt sie leise und presst ihre Lippen kurz gegen mein Brustbein. »Danke.«

Mein Herz zerspringt jeden Augenblick. Meine Seele wird in tausend Teile zerbrechen, weil ich es kaum ertrage. Weil es mir den Verstand raubt, sie auf diese Art zu halten. Dass ich ihren zarten Körper so dicht bei mir haben darf, ohne ihr dabei wehtun zu müssen. Ohne blaue Flecken, schmerzhaftes Aufkeuchen und Blut. Nur sie und ich, ohne unsere Vergangenheit und die Monster, die uns verfolgen.

Dass man vor Monstern nicht davonlaufen kann und sie einen immer finden und einholen, merke ich, als mich ein leises Geräusch weckt. Es ist wie ein Klatschen. Ein schnelles, schwaches Klatschen. Es ist –

Winter.

Sie schnipst. Wie verrückt schnipst sie mit den Fingern, weil ich sie noch immer in den Armen halte. Weil mein Körper sie umschlingt, ohne sie dabei daran zu erinnern, dass ich es bin, der sie hält.

»Winter.« Ich lege meine Arme fester um sie. »Baby. Ich bin es«, sage ich immer wieder, doch es reicht nicht. Sie kann es nicht trennen; kann meine Stimme und die Berührung nicht von dem trennen, was Victor getan hat. Sie versinkt in den Erinnerungen, und nicht einmal, dass ich meine Zähne in ihrer Schulter versenke, bis ich Blut schmecke, holt sie zurück.

»*Fuck.*«

Panisch lasse ich sie los und springe aus dem Bett.

Winter rollt sich zu einem kleinen Ball zusammen, der aus Angst und Horror zu bestehen scheint. Selbst im schwachen Licht, das noch immer aus dem Bad dringt, weil ich nicht mehr aufgestanden bin, um es auszuschalten, erkenne ich, wie sie zittert, doch sie gibt keinen Laut von sich. Kein Weinen; kein Schluchzen; nicht mal ihren Atem kann ich hören, und das macht mir eine Scheißangst.

Tu irgendwas. Verdammt, Dante! Du musst irgendetwas tun!

Es wäre sinnlos, zu versuchen, sie mit Worten zu beruhigen. Sie würde sie nicht hören. Sie ertrinkt. Sie wird an dem, was in ihrem Kopf passiert, ersticken.

Ich muss es sein, der ihr die Luft nimmt. Wenn sie durch meine Hand erstickt, wird sie aufwachen.

Es ist barbarisch und grausam, aber ich weiß mir nicht anders zu helfen. Mit zwei Schritten bin ich bei ihr, packe ihren Körper und hebe ihn aus dem Bett, um eine Hand um ihre Kehle zu legen und die andere in ihren platinblonden Haaren zu vergraben, die noch immer feucht sind. Ich reiße ihren Kopf nach hinten, presse ihren Körper gegen die Wand und drücke zu.

»Winter Baby«, flehe ich grollend. »Öffne die Augen.«

Ihr Gesicht ist von dem Terror entstellt, in dem sie sich gefangen fühlt. Sie presst die Lider so fest zusammen, dass ich befürchte, nie wieder in das Wolkenblau ihrer Iriden sehen zu können.

»Verdammt, Winter. Mach die Augen auf!«

Meine Finger schließen sich noch enger um ihren Hals, bis sie den Mund öffnet. Sie japst nach Luft, doch es kommt kein Sauerstoff mehr durch meinen Griff, und dabei zuzusehen, wie sie erstickt, lässt Tränen der Verzweiflung in mir aufsteigen.

»Komm schon, Baby ... *Sieh mich an*«, murmle ich beschwörend, während ihre Lippen eine violette Färbung annehmen. »Mach endlich deine verdammten Augen auf!«

In meiner Hilflosigkeit presse ich meinen Mund auf ihren. Ich sauge das letzte bisschen Luft aus ihrer Lunge, während ich Winter wie von Sinnen küsse und sie in meinen Händen stirbt. Ihr Körper erschlafft, und für den Bruchteil einer Sekunde glaube ich, dass ich sie getötet habe. Dass ich ihr das Leben genommen habe, das ich ihr vor zwei Tagen erst zurückgegeben habe. Dass ich Winter habe sterben lassen, weil ich einen gottverdammten Fehler gemacht habe.

Plötzlich berühren ihre zarten Finger meinen Arm. Kaum spürbar legen sie sich auf meine Haut, und ich lasse sofort von ihrem Mund ab.

Winter hat die Augen weit aufgerissen und sieht mich an, während sie erneut nach Luft zu schnappen versucht.

Augenblicklich lockere ich meinen Griff um ihre Kehle, woraufhin sie röchelnd einatmet, den Blick aber nicht von mir abwendet. Sie beginnt zu husten, hält sich weiter an mir fest und hebt dann ihre andere Hand, um sie an mein Gesicht zu legen.

»Nicht weinen«, bringt sie mit kratziger Stimme hervor und wischt die Tränen weg, die mir aus den Augen getreten sind. »Es geht mir gut.«

Ich bin so schockiert, dass ich sie nur anstarren kann. Wie betäubt blicke ich in ihre riesigen Kulleraugen, von denen ich gerade noch dachte, ich würde sie nie wieder sehen. Dann kommt die Wut. Grässliche, irrationale und dennoch unbändige Wut, die mich ihre Haare fester umschlingen und ihren Kopf weiter nach hinten neigen lässt.

»Das war das letzte Mal«, stelle ich mit leiser Stimme klar. »Du wirst nicht noch mal abdriften, hast du verstanden? Ich rühre dich nicht mehr an. Nie wieder. Das hier war *das letzte Mal*, Winter.«

»Dante …«

»Nein!« Ich lasse sie los und weiche vor ihr zurück. »Du

wärst gerade fast gestorben, weil ich nicht wusste, wie ich dich zurückholen soll, verdammt.«

Sie hat ihre Hände flach an die Wand hinter sich gelegt, um das Gleichgewicht zu halten, und sieht mich mit Schuld und Trauer in den Augen an. »Aber ich lebe doch noch.«

Ich gebe ein freudloses Lachen von mir. »Ja. *Noch.*«

»Was hast du denn erwartet?«, fragt sie mit nun lauterer Stimme. »Dachtest du, es würde genügen, wenn du mich ein paarmal beißt und würgst, während du mich fickst, um auszulöschen, was passiert ist?«

Tränen treten in ihre Augen und machen alles nur noch schlimmer, doch ich wage es nicht mehr, mich ihr zu nähern. Ich sollte verschwinden. Aus dem Zimmer. Aus dem Haus. Von diesem verfluchten Planeten, weil sie und ich offensichtlich nicht zusammen sein können.

»So schnell geht das nicht. Begreifst du das nicht?«

Ich schüttle den Kopf und will mich abwenden, doch Winter merkt es und stößt sich von der Wand ab. Mit beängstigender Schnelligkeit ist sie bei mir angelangt und stellt sich mir in den Weg. »Du wirst jetzt nicht davonlaufen, Dante«, befiehlt sie drohend. »Wage es nicht, vor dem, was zwischen uns ist, davonzulaufen.«

Sie drängt mich gegen die Wand und stellt sich auf die Zehenspitzen, um ihre Hände an meine Wangen zu legen und mich festzuhalten. Und obwohl sie so zart und zerbrechlich ist und nackt vor mir steht, wird mir klar, dass sie das Furchteinflößendste ist, was mir je begegnet ist.

Noch nie hat mir etwas so viel Angst gemacht wie Winter, die sich mir entgegenstellt und gegen mich kämpft. Die *für* mich kämpft, obwohl ich ihren Tod bedeuten könnte.

»Ich brauche mehr Zeit«, bringt sie plötzlich schluchzend hervor und zerstört mich damit regelrecht. »Ich brauche mehr

Zeit und dass du bei mir bleibst. Dass du mich nicht aufgibst, nur weil du Angst hast, und dass du mir vertraust. Kannst du das für mich tun? Kannst du mir vertrauen, Dante?«

Gottverdammt.

»Winter ...«

Schwer atmend stehe ich vor ihr und fühle mich machtlos, klein und verängstigt. Ich komme mir so schwach vor, und doch will sie, dass ich bei ihr bleibe.

»*Dir* vertraue ich doch, Baby«, sage ich mit rauer Stimme. »*Ich* bin derjenige, dem ich nicht traue.«

Ihre Finger streichen neue Tränen von meinen Wangen, und die Sanftheit dieser Geste lässt mich beinah zusammenbrechen. Doch Winter umgreift mein Gesicht fester und zieht mich zu sich nach unten. Sie legt ihre Lippen auf meine und küsst mich so zart, dass ich lautlos aufschluchze.

»Aber *ich* tue es«, flüstert sie, bevor sie nochmals ihren Mund auf meinen legt. »Ich vertraue dir, Dante. Und ich brauche dich. Ich kann das nur mit dir durchstehen, verstehst du?«

Meine Augen haben sich bei ihrem Kuss von selbst geschlossen, und ich verziehe das Gesicht, während ich den Kopf leicht schüttle. »Wie kannst du nur?«, frage ich mit brüchiger Stimme. »Wie kannst du ausgerechnet mir vertrauen?«

Ihr Daumen gleitet sachte über meinen Mundwinkel, bevor sie ihre Lippen darüberstreichen lässt und ihre Hand an meine Brust legt. Dorthin, wo mein krankes, dunkles Herz wie verrückt schlägt und kurz davor ist, zu zerreißen. »Deswegen.«

»Ich könnte dich umbringen«, gebe ich verwirrt zu bedenken.

Meine Gedanken sind das reinste Chaos, weil ich nicht

verstehe, was in ihr vorgeht. Ich begreife nicht, wie sie hier stehen und so was sagen kann. Wieso sie um mich kämpft, obwohl ich ihr größter Feind sein sollte.

»Das wirst du nicht«, erwidert sie. »Ich werde es nicht zulassen, Dante.«

Ein neuer Gedanke rast durch meinen Kopf, und ich zwinge meine Lider dazu, sich zu heben, damit ich Winter ansehen kann.

»Willst du wieder sterben? Ist es das? Ist es dieser Todeswunsch, der dich hoffen lässt, dass ich beende, was du angefangen hast?«

Ich klinge völlig außer mir, und ein Teil von mir weiß, dass es absolut falsch ist, das auszusprechen oder auch nur zu glauben. Aber ich *verstehe* einfach nicht, wieso. Wieso sie so denkt und was sie antreibt. Es ist gefährlich. Dass sie mich so dringend bei sich halten will, wird sie umbringen, und sie gehen zu lassen, wird mich umbringen. Wir sind beide bereits tot, weil es keinen Ausweg gibt, doch dann spricht sie die nächsten Worte aus und bringt mein Herz damit zum Stillstand.

»Nein, Dante«, wispert sie, wobei sie den Kopf schüttelt und lächelt. »Das ist Liebe. Ich will nicht mehr sterben. Ich will bei dir sein und dass du bei mir bist, weil ich dich liebe.«

Wir sind beide absolut unzurechnungsfähig. Man sollte uns auseinanderreißen. Uns in getrennten Zellen einsperren, denn das, was hier passiert – was *zwischen uns* passiert –, ist purer Wahnsinn. Es ist zerstörerisch und furchteinflößend. Es wird uns beide vernichten, wenn wir nicht aufhören, und es wird uns erst recht vernichten, wenn wir nicht zusammen sind.

Winter lässt mich los, um nach meiner Hand zu greifen. »Komm«, sagt sie leise und dreht sich um.

Ich bin wie hypnotisiert und folge ihr widerstandslos ins Bad, in dem sie es nun ist, die das Wasser der Dusche anstellt.

»Du bist schweißgebadet«, murmelt sie wie zu sich selbst, während ihre Hand über meinen Hals nach unten gleitet, meine Brust entlangstreicht und ihre Finger letztendlich über einem der Tattoos stoppen.

Erst jetzt merke ich, dass sie recht hat. Jeder Zentimeter meines Körpers ist mit kaltem Schweiß bedeckt, weil Winter und das, was sie gesagt hat, mir solche Angst machen. Ich zittere sogar, und das bringt mich nur noch mehr durcheinander.

Ich bin ein Mörder. Ich bin der böse Mann, von dem all die Schauermärchen erzählen, und doch stehe ich hier, bebend vor Panik, weil Winter mich … *liebt*.

»Was bedeutet dieses hier?«, will sie wissen, und ich folge benommen ihrem Blick auf meinen Bauch. »Du hast gesagt, sie haben alle eine Bedeutung.«

Habe ich das? Ja. Vor wenigen Stunden. Genau hier. Als sie mir noch nicht solche Angst gemacht hat und ich sie nicht beinah getötet hätte.

Ihr Finger streicht über eine fein verzierte, leicht gebogene Schere, die trotz der schwarzen Linien feminin und anmutig wirkt. Das Tattoo ist fünf Jahre alt. Ich weiß noch genau, wann ich es mir habe stechen lassen.

»Das ist Georginas Fadenschere«, antworte ich mechanisch.

»Wer ist sie?«

Ich schließe die Augen, wobei ich den Kopf weiterhin gesenkt halte und das inzwischen heiße Wasser in der Dusche die Luft dick und schwer macht.

»Ich sollte sie töten. Ihr Mann wollte sie loswerden. Hat

mir weismachen wollen, sie würde ihn bestehlen und betrügen.«

Winters Finger gleitet unentwegt über meine Haut und lässt meinen Atem immer stockender werden.

»Sie war unschuldig. Er war derjenige, der sie betrogen hat.«

Ich kann trotz des rauschenden Wassers hören, dass Winter schwer schluckt. »Hast du sie getötet?«

»Nein. Ich habe ihr ein neues Leben verschafft. Sie erinnert sich an nichts mehr und lebt jetzt in Europa. Ich glaube sogar, dass sie einen neuen Mann gefunden hat.«

Die sanften Bewegungen an meiner Haut stoppen, und als ich die Augen öffne, blickt Winter mich an, als würde sie mich zum ersten Mal sehen, wobei ihre Stirn in Falten gelegt ist. »Du hast sie nicht umgebracht?«

Ich schüttle den Kopf. »Ich konnte es nicht. Sie hat nichts getan.«

»O Dante …«

Da schwimmen neue Tränen in ihren Augen, aber sie hält sie zurück, so wie auch ich es irgendwie schaffe, mich dieses eine Mal zurückzuhalten und sie nicht zu packen. Ich ertrage ihre Tränen, weil sie nicht aus Trauer oder Schmerz bestehen.

»Du hast sie nicht alle getötet, habe ich recht?«, fragt sie mit kaum hörbarer Stimme.

»Nein, Baby«, erwidere ich ebenso leise. »Nur die Bösen.«

Sie nickt verstehend, während doch eine Träne überläuft. Ich kann nicht verhindern, dass ich mich zur ihr beuge, meine Hand in ihr Haar greift und es packt, und meine Zunge über ihre Wange fährt.

»Die Tattoos …«

Ich löse meine Hand aus ihrem Haar, so dass die beinah weißen Strähnen über meine Finger fließen, bis sie über ihre nackte Schulter nach vorn fallen und ihre Brust verdecken. »Manche sind für die Lebenden, die anderen für die Toten«, erkläre ich, während mein Blick an ihrer Brustwarze hängenbleibt, die zwischen den Strähnen hindurchblitzt. Ich streiche die platinblonden Längen zur Seite und gehe auf die Knie, um meine Lippen um die harte Spitze zu legen.

Winters Finger gleiten augenblicklich in meine Haare und bringen sie durcheinander, als ich mit der Zunge um ihre Brustwarze streiche und sie dann meine Zähne spüren lasse. Bevor es zu viel für sie werden könnte, entferne ich mich wieder von ihr, bleibe aber auf den Knien und sehe zu ihr auf.

Einer Königin gleich steht sie vor mir und trägt ihren Mut dabei wie eine Krone. Wunderschön und stark und mit lustverhangenem Blick schaut sie auf mich hinab, und mir wird klar, dass ich die Welt für sie entzweibrechen würde, wenn es sein muss. Sie ist *meine* Königin, und ich gehöre genau hierher: vor ihr kniend, während sie mich in der Hand hat und alles von mir verlangen könnte.

Wenn sie also will, dass ich ihr vertraue und bei ihr bleibe – dass ich meine Furcht in den Hintergrund stelle, damit sie ihre Angst mit meiner Hilfe besiegen kann –, dann werde ich das verdammt noch mal tun. Ich werde ihr vertrauen, solange sie mir vertraut, und ihr alles von mir geben.

»Steh auf«, bittet sie und streicht mir eine Haarsträhne aus der Stirn.

Als ich nicht reagiere, weil ich zu sehr von ihrem Anblick gefesselt bin, stützt sie sich auf meinen Schultern ab und setzt sich rittlings auf meinen Schoß.

»Deine Hände … Kannst du –«

Sie stockt, und ich bewege mich nicht, während sie mit sich zu ringen scheint, bevor sie die richtigen Worte findet.

»Leg deine Hände hinter den Rücken«, befiehlt sie mit festerer Stimme.

Ich tue es umgehend, weil ich zu verstehen glaube, was sie versucht. Dabei spüre ich, wie feucht sie ist. Heiß und nass berührt mich ihre Mitte und benebelt mir das Hirn. Mit schneller werdendem Atem stütze ich mich auf dem Boden hinter mir ab, während Winter kaum merklich aufatmet und ihren Blick über meinen Körper gleiten lässt.

»Die Narben«, beginnt sie flüsternd. »Sind die –«

»Von Matteo.«

Ihre Mundwinkel sinken nach unten, und ein zutiefst trauriger Ausdruck tritt in ihre Augen, als sie mit dem Finger über eine Narbe streicht, die sich über meinen linken Rippenbogen zieht.

»Hab kein Mitleid mit mir, Baby«, sage ich leise, woraufhin sie aufsieht. »Ich habe es nicht gespürt.«

Sie schüttelt entschieden den Kopf. »Das heißt nicht, dass es dich nicht verletzt hat«, hält sie dagegen. »Es gibt einen schlimmeren Schmerz als den körperlichen.«

Fuck. Wie recht sie hat. Sie wurde selbst wieder und wieder auf diese Art verletzt. Von Victor. Von ihren Eltern. Und vermutlich von noch mehr Menschen, da ich mir nicht vorstellen kann, dass niemand mitbekommen hat, was ihr angetan wurde. Wenn ich allein an den Eingriff denke … Irgendjemand hat ihn durchgeführt. Irgendein kranker Wichser hat sich von Victor schmieren lassen, um eine Minderjährige zu sterilisieren, und somit nicht nur einen massiven Übergriff auf ihren Körper vollzogen, sondern sie auch darum gebracht, jemals Mutter werden zu können. Winter wird nie ein Kind kriegen, und ich kann mir nicht mal ansatzweise vorstellen, wie grauenvoll dieser Schmerz für sie ist.

Sie scheint die düsteren Gedanken in meinen Augen zu erkennen, denn sie schüttelt den Kopf und legt ihre Hände wieder auf meine Schultern. »Genug davon«, sagt sie leise, aber bestimmend. Einen Wimpernschlag später umfängt sie mich mit ihrer Wärme, so dass ich die Augen schließe und den Kopf in den Nacken lege.

»*Fuck* ...«

Winter fühlt sich so unglaublich an. Weich und nass und eng umschließt sie meinen Schwanz und sinkt auf ihm hinab, bis nichts mehr zwischen uns passt. Ich spüre ein Beben, das durch sie geht, weil ihr Körper noch von dem überreizt ist, was erst wenige Stunden zuvor in diesem Zimmer geschehen ist, doch als ich die Augen wieder öffne und sie ansehe, strahlt sie förmlich. Ihre Haut glüht regelrecht und glänzt von der Feuchtigkeit, die sich wegen der noch immer laufenden Dusche auf alles gelegt hat. Ihre Augen funkeln und sind zugleich vernebelt, weil sie nicht genug von uns bekommen kann. Es kostet mich all meine Kraft, meine Hände nicht an ihr Gesicht zu legen und sie zu küssen. Sie sieht so atemberaubend aus ... So gottverdammt schön ...

Jetzt zu sterben, wäre wundervoll. Mit ihrem Körper an meinem, bis zum Anschlag in ihr versunken und mit diesen Augen vor mir, die vor Lust, Leben und Liebe funkeln ... Es wäre der perfekte Tod.

Winter beginnt, sich zu bewegen. Langsam und beinah unsicher lässt sie ihr Becken kreisen, entfernt sich von mir, um mir dann wieder entgegen zu kommen, während ich reglos dasitze und sie bewundere.

Er hat es sie nie so tun lassen, kommt es mir in den Sinn, und ich verstehe, wie besonders dieser Moment für sie ist. Wie wichtig es ist, dass ich das hier nicht kaputtmache, weil sie gerade zum ersten Mal die Oberhand hat. Weil *sie* entscheidet, was passiert. Wie viel und wie schnell es passiert. Wie tief und wie hart. Sie hat die Macht, und vielleicht ist das einer der Schlüssel, die uns dabei helfen, ihren Horror wegzusperren.

»Ich bin so stolz auf dich«, sage ich heiser. »Weißt du eigentlich, wie stark du bist?«

Der Anflug eines unsicheren Lächelns huscht über ihre geöffneten Lippen, bevor sie die Arme um meinen Hals schlingt und sich vorbeugt, um mich zu küssen. »Das habe ich dir zu verdanken«, erwidert sie atemlos an meinem Mund, während ihre inneren Muskeln sich verkrampfen und mich aufstöhnen lassen. »Das warst alles du, Dante.«

»Fuck … Wie soll ich die Finger von dir lassen, wenn du so was sagst?«

Sie lächelt erneut, bevor sie sich schneller bewegt, bis nur noch mein abgehackter Atem zu hören ist und ihrer zu einem lustvollen Keuchen wird, das so wundervoll klingt, dass ich kurz davor bin, meine Beherrschung zu verlieren. Die Muskeln in meinen Armen verkrampfen sich, weil ich sie so dringend um Winters Körper legen will, doch ich lasse es nicht zu.

Stattdessen sehe ich sie an. Beobachte, wie ihre Brüste sich bewegen. Wie sie sich über die Lippen leckt und die Augen schließt, weil die Lust sie durchströmt und sie kurz davor ist, zu kommen. Ich betrachte die kleinen Sommersprossen auf ihren Lidern und bewundere, wie ihre Zähne in dem weichen Kissen ihrer Unterlippe versinken, als ich das Becken ein wenig kippe, damit sie noch mehr von mir bekommen kann. Ich sauge ihren Anblick in mich auf, als würde mein Leben davon abhängen, während sich auch in mir der erlösende Druck aufbaut, weil sie mich so fest umschließt.

»Dante …« Flehend flüstert sie meinen Namen, und als ich ihr wieder in die Augen sehe, ist ihr Blick auf mich gerichtet.

»Was willst du, Baby?«, frage ich mit rauer Stimme. »Sag mir, was du brauchst.«

»Dich«, antwortet sie sofort.

Ich kann mir das Schmunzeln nicht verkneifen, obwohl sich mein Unterleib verkrampft, weil ich so kurz davor bin. »Du hast mich doch bereits.«

Sie schüttelt beinah ungeduldig den Kopf. »*Dich*, Dante. So, wie du bist. So, wie du nicht sein willst, weil du Angst davor hast, dann zu ihm zu werden.«

Verdammte Scheiße.

Sie weiß es. Sie hat begriffen, wieso ich es nicht ertrage, ihr wehzutun. Wieso alles in mir sich dagegen sträubt, ihr Schmerzen zuzufügen, obwohl wir beide es lieben und uns danach verzehren. Obwohl sie es *braucht*, auch wenn wir uns ebenso nach Zärtlichkeit sehnen. Und in diesem Moment wird es mir klar.

Wir können beides sein. Da ist keine Seite, die wir wählen müssen. Wir können hart und weich sein. Brutal und liebevoll. Können uns gegenseitig verletzen und sanft zueinander sein. Wir können einfach *wir* sein – Licht und Dunkelheit und Leben und Tod und alles, was dazwischen liegt, weil es mehr gibt als nur Schwarz und Weiß.

»Es macht dich nicht zu deinem Vater, wenn du so zu mir bist«, erklärt Winter atemlos, wobei sich ihr Blick keine Sekunde von meinem löst und mein Innerstes auslöscht.

Mit diesen Worten sprengt sie die letzten Ketten, die mich noch zurückgehalten haben. Und sie weiß es. Sie weiß ganz genau, dass ich ihr die Welt zu Füßen legen würde, wenn sie es von mir verlangt, also gebe ich ihr, was sie will.

Ich schlinge einen Arm um sie, während meine andere Hand in ihrem Nacken landet und sie so erbarmungslos zu mir zieht, dass unsere Lippen miteinander kollidieren wie zwei Asteroiden. Ich nehme mir alles von ihr. Sauge ihre Seele auf, verschlinge sie, und verspreche ihr mit jeder Berührung meiner Zunge, dass ich sie auf ewig anbeten werde, wenn sie mich lässt.

»Mehr, Dante«, keucht sie. »*Mehr*.«

Mir entweicht ein beinah animalisches Knurren, als ich sie an ihrem Genick von mir wegziehe, um sie ansehen zu können. »Du weißt nicht, was du entfesselst, Baby.«

Sie hebt ihre Lider nicht vollständig, doch das leichte Lächeln, das sich auf ihre Lippen legt, lässt meinen Atem stocken. »Ich glaube, ich weiß es ganz genau.«

ACHTZEHN
WINTER

Ich habe es aufgegeben, zu denken. Und endlich sehe ich auch in Dantes Augen, dass er nur noch aus Fühlen zu bestehen scheint.

Es war genug. Er hat mich lange genug die Oberhand behalten und meine eigenen Grenzen ausloten lassen. Jetzt will ich *ihn*. Will seinen Zorn, seine Gewalt und seine Verzweiflung. Ich will das Herz aus Gold, das in dieser kaputten Brust schlägt, aber auch den Schmerz, den er mir schenken kann und mit dem er mich in Höhen aufsteigen lässt, die alles übertreffen, was ich mir jemals hätte erträumen können.

Es kümmert mich nicht, wie verwerflich das ist. Es ist mir egal, ob ich blutend und mit blauen Flecken aus diesem Kampf hervorgehe. Denn das ist es: ein Kampf, den wir gegeneinander ausfechten. Ein Hin und Her zwischen dem, was er bereit ist, mir zu geben, und was ich von ihm brauche. Für einen Augenblick hat er gewonnen, weil ich die Macht hatte. Doch jetzt brauche ich, dass er mich besitzt. Er soll mich brandmarken. Soll Spuren hinterlassen, die mich daran erinnern, dass ich am Leben bin.

Und endlich tut er es.

Ohne sich von mir zu lösen, erhebt er sich und trägt mich zurück ins Schlafzimmer. Ich bin so von Sinnen, dass ich leise kichere, weil das Wasser in der Dusche noch immer läuft und auch das Licht weiterhin brennt, doch dann wirft Dante mich aufs Bett und packt mich an den Hüften, um mich so schnell auf den Bauch zu drehen, dass mir für einen Moment die Luft wegbleibt.

»Was ist so lustig, Winter Baby?«, murmelt er, wobei er um meine Oberschenkel herumgreift und mich nach oben und zu sich zieht, so dass mein Hintern mit einem wundervollen Klatschen gegen seinen Schritt prallt. Ich spüre seine Härte an meinen Pobacken und seufze beinah auf, als er sich vorbeugt, eine Hand um meinen Nacken legt und meinen Oberkörper gegen die Matratze drückt.

»Nichts«, antworte ich bebend, während seine Zähne über meine Schulter streifen und ich spüre, wie seine Länge zwischen meine Backen gleitet.

»Nichts? Bist du sicher?«, will Dante wissen und erhebt sich wieder, wobei seine Hand in mein Haar fährt, es um seine Faust wickelt und meinen Kopf nach hinten zieht. Das Brennen an meiner Kopfhaut will mir Tränen in die Augen treiben, doch ich bin viel zu sehr auf das konzentriert, was er hinter mir tut.

»Ja. Bin ich.«

Ein zufriedenes Grollen dringt aus seiner Kehle und verursacht mir eine Gänsehaut. »Gut. Denn dann kann ich dir jetzt alles geben.«

Er versenkt sich mit einem harten Stoß in mir, um dann

reglos zu verharren, als er so tief in mir ist, dass mir die Luft wegbleibt und ich befürchte, entzweizubrechen.

»Oh … *Fuck*«, entkommt es mir, weil er einen neuen, unbekannten Punkt in mir getroffen hat. Einen Punkt, der mich benommen macht und meine Augen nach hinten rollen lässt.

»Ganz genau, Baby«, stimmt er leise und mit rauer Stimme zu. »*Fuck*.«

Seine Hand streicht zart über meinen Hintern, während er noch immer mein Haar um seine Faust geschlungen hat und einen stetigen, wundervollen Schmerz verursacht, der mich bei ihm hält. Dann gleiten seine Finger zwischen meine Pobacken, und einen Wimpernschlag später fühle ich, wie mich sein Speichel trifft, bevor sein Daumen ihn verteilt.

»Ist das okay?«, fragt er mit rauer Stimme und bewegt sich dabei einmal langsam in mir, was mir das Antworten schier unmöglich macht.

»Dante …«

»Antworte«, befiehlt er und lässt seinen Daumen behutsam um meinen anderen Eingang kreisen.

Mir entkommt ein bebendes Stöhnen, weil es sich so gut anfühlt. »Ja.«

Als sein Finger langsam in mich gleitet, halte ich die Luft an. Es ist ein so bittersüßer Schmerz, dass mir Tränen der Lust in die Augen treten und ich mich winde. Es ist zu viel und zugleich zu wenig, und dass Dante einen Moment innehält, damit ich mich an das Gefühl gewöhnen kann, lässt mein Herz aussetzen.

»Rede mit mir, Baby«, bittet er irgendwann beinah verzweifelt und hält dabei noch immer still. »Ich muss wissen, dass es dir gut geht.«

Seine Fürsorge erschwert mir das Atmen, weil sich meine Kehle zuschnürt. Das ist etwas, das ich so nicht kenne, weil es bisher niemanden interessiert hat, ob es mir gut geht. Egal, wobei.

Ich schnappe nach Luft, versuche zu atmen und gegen die Wellen aus Lust anzukämpfen, die über mich hinwegfegen, weil es so unbeschreiblich ist, ihn überall in mir zu haben.

»Winter …«

Dante beugt sich vor und verteilt quälend leichte Küsse auf meiner Wirbelsäule, während er darauf wartet, dass ich ihm endlich antworte.

Ein lautloser Schluchzer entweicht mir, bevor ich es schaffe, ein weiteres »*Mehr*« herauszubringen, weil ich seine Reglosigkeit keine Sekunde länger ertrage.

Dante enttäuscht mich nicht. Er gibt mir augenblicklich, was ich will, und bewegt sich. Seine Stöße sind kraftvoll und tief und bringen mich in Verbindung mit dem sanften Druck seines Fingers fast an den Rand der Bewusstlosigkeit. Ich keuche seinen Namen und verkrampfe mich um ihn, wodurch alles nur noch intensiver wird.

»Verdammt, Winter«, knurrt er, während er sich immer härter in mich schiebt. »Du raubst mir den Verstand, weißt du das?«

Ich lächle, bis er seinen Daumen ebenfalls bewegt und mein Lächeln von einem leisen, lustvollen Stöhnen vertrieben wird. Ich verbrenne regelrecht, bis ich aus nichts anderem mehr bestehe als ihm.

Da ist *nichts* mehr. Alles ist weg. Meine Eltern, die mich nie geliebt haben. Victor, der mich auf eine kranke Art geliebt hat. All die Angestellten, die weggesehen haben. Der Arzt, der meinem Körper etwas geraubt hat. Sie verschwinden alle, weil Dante mir etwas gibt, das keiner von ihnen mir je geben wollte. Er gibt mir etwas, das mir entrissen wurde und von dem ich nicht glaubte, dass ich es jemals finden könnte.

Mich.

Ich bin endlich jemand, und ich gehöre ganz ihm, als ich komme und in tausend Teile zerbreche, die er alle auffängt und zu seinem Eigen macht, als er ebenfalls diesen Punkt erreicht, der aus nichts anderem als süßem Vergessen und uns beiden besteht.

Die Sonne kriecht am Horizont empor, als wir uns im Bett gegenüberliegen und stumm den jeweils anderen betrachten.

In Dantes Gesicht stehen Stolz und Ehrfurcht, während ich pure Dankbarkeit und Liebe für ihn empfinde. Mein Körper mag schmerzen und brennen, aber mein Herz quillt über vor Wärme, Freiheit und Glück.

Ich bin so voll davon, dass ich das Gefühl habe, überzulaufen. Ich wünschte, ich würde die Worte finden, um Dante verständlich zu machen, was er für mich getan hat, doch ich weiß zugleich auch, dass er es nicht hören will. Er erlaubt es sich noch nicht, mir zu glauben, wenn ich sage, dass er viel mehr gerettet hat als nur mein Leben.

Dante hat meine Seele gerettet, als er in dieser Nacht, die Ewigkeiten zurückzuliegen scheint, entschied, nicht abzudrücken. Einfach *alles* hat er verändert, und es tut mir im Herzen weh, dass er nicht zulässt, das zu erkennen.

Um dem Schwermut keinen Raum zu geben, greife ich nach seiner Hand, die zwischen uns liegt, und streiche über seine Finger. »Was hast du gestern in deinem Büro gemacht?«, frage ich, wobei ich den Blick nicht von seinen dunklen Iriden abwende.

Er deutet ein kaum sichtbares Kopfschütteln an und

schmunzelt. »Das, was man für gewöhnlich in einem Büro tut.«

Ich verenge die Augen für einen Sekundenbruchteil.

»Ich habe gearbeitet.«

Meine Stirn runzelt sich. »Ich dachte, du … tötest Menschen.«

Dante lacht leise auf, wobei er seinen Finger leicht anhebt und meinen damit streift. Es ist eine so reine, zarte und vorsichtige Geste, dass sich meine Brust zusammenzieht. Nicht, weil ich abdrifte, sondern weil es mich zu viel fühlen lässt, dass er neben all der Härte dazu fähig ist, auch so zu mir zu sein.

»Nicht nur, Baby. Die Farm frisst mehr, als das Durchschneiden von Kehlen einbringt.«

Es ist verrückt, dass seine rohe Wortwahl mir nichts ausmacht. Obwohl es beängstigend sein sollte, ist es das nicht. Mit Dante scheint nichts beängstigend zu sein. Nicht mal vor seiner Stimme fürchte ich mich noch.

»Ich trade«, erklärt er und streift meinen Finger dabei immer wieder sachte mit seinem. »Wertpapierhandel. Es ist ein Risikogeschäft, aber wie es scheint, hat mein Vater mir ein bisschen was von seinen Neigungen vererbt, wobei ich jedoch mehr Glück habe als er.«

Ich verziehe das Gesicht, sage jedoch nichts zu der Bemerkung über seinen Vater. »Wertpapierhandel hat nichts mit Glück zu tun«, entgegne ich stattdessen.

»Und das weißt du, weil …?«

In einem Anflug von Normalität strecke ich ihm die Zunge raus. »Ich mag keine normale Kindheit oder Jugend gehabt haben, aber ich besaß einen Internetzugang und einen Fernseher«, kläre ich ihn auf. »Ich bin nicht hinter dem Mond großgeworden, Dante. Nur in einem Käfig. Das ist ein Unterschied.«

Bei meinen Worten verdunkeln sich Dantes Augen, und die Bewegung seines Fingers erstirbt. »Ich bringe sie um, Winter. Du musst es nur sagen, und ich werde sie alle leiden lassen für das, was sie dir angetan haben.«

Ich schließe die Augen und deute ein Kopfschütteln an. »Dante ...«

»Ich meine es ernst.«

Mir entkommt ein freudloses Lachen. »Ich weiß.«

»Dann lass es mich tun. Ein Wort von dir, und sie sind tot, Baby.«

Es ist bedenklich, wie wenig es mir ausmacht, dass *tot* und *Baby* so dichtgefolgt aus seinem Mund kommen. Aber dass Dante das für mich tun würde – dass er mich fast schon anfleht, es tun zu dürfen –, lässt mein Herz schneller schlagen.

»Nein«, entscheide ich dennoch bestimmend und öffne die Augen. »Sie sind Vergangenheit.«

Dantes Miene verhärtet sich und wird zu einer undurchdringlichen und erbarmungslosen Maske. »Es gibt Vergangenheiten, denen man nie entkommt.«

Ich erwidere seinen Blick und denke über seine Worte nach, entscheide dann aber, dass sie so nicht ganz stimmen. »Das kommt drauf an, ob man es zulässt. Ob man zulässt, dass sie einen gefangen halten und nicht mehr loslassen.«

Dante sieht mich lange an, ohne etwas zu sagen. Doch mit jeder Minute, in der sich das Schweigen zwischen uns ausbreitet, wird sein Gesicht weicher, bis nur noch Unglaube und Achtung darin stehen.

»*Du*, Winter ... Du bist zu gut für mich. Ich verdiene dich nicht«, sagt er mit leiser, rauer Stimme.

Ein Lächeln legt sich auf meine Lippen, bevor ich mich auf dem Ellenbogen abstütze und zu ihm beuge, um ihn zu küssen. »Du, Dante, verdienst alles, was ich dir gebe. Ich gehöre dir, und ich werde nicht zulassen, dass du mich noch mal von dir stößt.«

Er schluckt schwer, bevor er ein Kopfschütteln andeutet und seine Augen zu lodern beginnen. »Bist du wund?«, fragt er heiser und bringt mich damit tatsächlich zum Lachen.

»Nicht so sehr, dass ich dich nicht in mir haben will.«

»Baby … Du bringst mich um. Und wenn du es nicht tust, wird Robin es definitiv tun, weil wir dieses Bett heute nicht verlassen.«

Ich will gerade protestieren und ihm sagen, dass ich jetzt nicht über Robin reden will, da prallen seine Lippen schon auf meine. Er raubt mir den Atem, mit dem ich die Worte formen wollte, während sich seine Hände mit festem Griff an meine Hüften legen, um mich auf seinen Schoß zu heben.

NEUNZEHN
WINTER

Am Mittag beschließt Dante, dass Amanda nach meinen Schnitten sehen soll, weil sie die ganze Nacht unter den nassen Verbänden lagen. An seinem Blick erkenne ich jedoch, dass es nicht *diese* Wunden sind, die ihm Sorgen machen, als er das Zimmer verlässt.

Es sind die Male, die er auf meiner Haut hinterlassen hat.

Mit müden und schmerzenden Muskeln stehe ich auf und gehe ins Bad, um zum gefühlt ersten Mal seit Tagen in den Spiegel zu sehen. Beinah wäre ich vor Schreck zurückgewichen. Nicht wegen den Bisswunden an meinen Schultern oder den dunklen Flecken, die deutlich erkennen lassen, wo sich Dantes Finger um meine Kehle geschlungen haben. Sie trage ich mit Freude, da sich alles daran unbeschreiblich gut angefühlt hat. Niemals würde ich wollen, dass Dante damit aufhört. Aber das ist es nicht, was mich schockiert. Es ist der Ausdruck in meinen Augen. Meine ganze Erscheinung lässt mich nach Luft schnappen, weil ich mich selbst nicht wiedererkenne.

Da ist ein Glanz in meinen Augen, den ich dort nie gesehen habe. Sie wirken kontrastreicher; leuchtender; lebendig. Ich bilde mir ein, sogar die Blitze darin zu sehen, von denen Dante gesprochen hat. Und meine Haut ... Sie ist leicht gerötet, prall und nicht mehr so ... tot. Ich erblicke zum ersten Mal keine leere Hülle, und das reißt mir fast den Boden unter den Füßen weg.

Nur eine Sache ... Eine Sache ist falsch, doch ich komme nicht darauf, was es ist.

Als Amanda hinter mir auftaucht und mich im Spiegel anlächelt, drehe ich mich zu ihr um. »Guten Mor–« Ich stocke. »Wie viel Uhr ist es?«

Sie hebt eine Augenbraue, wobei ein wissendes Grinsen an ihren Mundwinkeln zupft. »Lange Nacht gehabt?«, vermutet sie und stellt ihren Koffer auf dem Waschtisch ab. »Nein. Sag besser nichts. Ich will es eigentlich gar nicht wissen.«

Es fühlt sich seltsam an, so mit jemandem zu reden. Als wären wir Freundinnen. Als hätte ich ein ganz normales Leben und wäre eine ganz normale Frau. Als wäre nicht alles, was mir bisher passiert ist, grausam, falsch oder furchtbar wahnsinnig.

»Dann zeig mal her«, fordert Amanda und streicht sich ihre dunkelblonde Mähne aus dem Gesicht. Sie hat ein Paar sterile Latexhandschuhe aus ihrem Veterinärkoffer geholt und zieht sie an, wobei sie sich auf den geschlossenen Toilettendeckel setzt und mir dann wartend ihre Hand entgegenstreckt.

Ich halte ihr meinen linken Arm hin und beobachte, wie sie mit geschickten, schnellen Griffen den Verband abwickelt. »Wieso ist er so nass? Was hast –«

Mit dem Anflug eines schlechten Gewissens beiße ich mir auf die Unterlippe, als sie zu mir aufsieht. Erst jetzt scheint sie Dantes Zahnabdrücke und die blauen Flecken an meinem

Hals zu bemerken, und für einen Moment glaube ich, dass sie es falsch verstehen könnte. Dass sie ausrasten und Dante die Hölle heißmachen wird, weil sie glaubt, er hätte sich an mir vergangen.

»Es ist nicht, wie –«

»Keine Sorge«, unterbricht sie mich kopfschüttelnd. »Wir kennen uns seit Jahren. Ich weiß, wozu er fähig ist und was er nie tun würde.« Sie sieht mich dabei ernst an, bevor sie den Blick wieder auf meinen Arm richtet.

Ein Knoten will sich in meinem Magen bilden, weil ihre Worte ein bisher unbekanntes Gefühl in mir aufkommen lassen.

Ich bin eifersüchtig.

»Habt ihr …«

Amandas Kopf hebt sich ruckartig. »Wer? Dante und ich? Großer Gott, nein.« Sie lacht auf und schüttelt dabei erneut den Kopf. »Versteh mich nicht falsch – Dante ist heiß, keine Frage. Aber er ist mir etwas zu …«

Sie sucht nach dem richtigen Wort, während mir tausende einfallen, die ihn beschreiben würden.

»Grob?«

Sie lacht nochmals auf, während sie die Haut um den Schnitt herum reinigt. »Ich wollte *wahnsinnig* sagen, aber ja. Das auch.«

»Woher weißt du, wie er … so ist?«, frage ich plump und sehe dabei zu, wie sie eine Wundsalbe für Kühe aufträgt, die jedoch vermutlich die gleichen Inhaltsstoffe hat wie die, die man in einem Drugstore kaufen kann. Nur dass diese Tube um einiges größer ist.

Amanda schweigt und scheint zu überlegen, wie sie mir antworten soll. Dabei legt sie eine frische Kompresse auf den Schnitt und wickelt einen neuen Verband darum. Nachdem sie ihn mit zwei kleinen Klammern befestigt hat, sieht sie zu mir auf.

»Zu Beginn meines Studiums musste ich auf den Viehmärkten aushelfen«, beginnt sie zu erzählen. »Es war schrecklich. Ich habe jede Minute dort gehasst, aber es war eine Pflichtveranstaltung, also hatte ich keine Wahl.«

Sie verzieht das Gesicht, wobei ihr Blick durch mich hindurchgeht und ich den Horror darin sehe, weil sie an all die Grausamkeiten denkt, von denen auch ich inzwischen Zeuge wurde.

»Dante passte mich ab. Er hat mich zur Seite genommen und mir ein Angebot gemacht, das ich nicht ablehnen konnte. Ich sollte bei ihm als Tierärztin arbeiten. Er würde mir eine Wohnung zur Verfügung stellen, meine Studiengebühren übernehmen und mir obendrauf ein Gehalt zahlen, das meine Dozenten mit den Ohren hätte schlackern lassen. Ich dachte, er sei wahnsinnig oder würde mich für irgendwelche kranken Spielchen herlocken wollen. Aber er bestand darauf, dass ich es mir ansehe, und bot an, dass ich jemanden mitbringen könnte, falls ich Angst hätte.

Mir ist natürlich nicht entgangen, was er für einen Ruf hatte. Und ich muss dir wohl nicht sagen, dass ich ihn dafür verabscheut habe. Aber meine Neugier war größer, nachdem er sagte, dass die Dinge nicht sind, wie sie erscheinen, also habe ich nachgegeben und bin mit einem Kommilitonen hierher gefahren.

Was Dante gesagt und versprochen hatte, war die Wahrheit, und selbst mein Kommilitone meinte, ich wäre wahnsinnig, wenn ich das Angebot nicht annehmen würde.«

Ich lehne mich zurück und lausche ihrer Geschichte, wie ich der von Dante gelauscht habe, auch wenn diese nicht so tragisch und schmerzvoll zu sein scheint.

»Kurz nachdem ich hier angefangen habe, brachte er Blanket mit. Bis dahin hatte er kein einziges Pferd hergeholt. Ich weiß nicht, ob es einen Grund dafür gab, aber ich habe es nicht gewagt, ihn danach zu fragen.«

Ich kenne den Grund. Dante ertrug es nicht, weiterhin Pferde um sich zu haben. Nicht, nachdem er dabei zusehen musste, wie sein Vater die vier Tiere tötete, die ihm so viel bedeutet haben.

»Er verriet nie viel. Selbst, dass er ein Killer ist, habe ich erst spät erfahren. Das war ein … sehr interessantes Gespräch.«

»Hattest du keine Angst?«, frage ich, weil man schließlich nicht jeden Tag mit einem Auftragsmörder zu tun hat und ich nicht glaube, dass Amanda jemals mit Monstern kämpfen musste wie ich. Für sie muss es ein Schock gewesen sein, doch sie runzelt die Stirn, legt den Kopf etwas schief und schüttelt ihn dann tatsächlich.

»Nein«, gibt sie zu. »Ich habe jahrelang dabei zugesehen, wie er mit den Tieren umgegangen ist. Das war für mich Beweis genug, um zu wissen, dass da mehr in ihm steckt und er nie einem Unschuldigen etwas tun würde.«

Sie versinkt für einen Moment in den Erinnerungen, die sie gerade zu durchleben scheint, bevor sie nach meinem anderen Arm greift und auch dort den Verband löst. Der Schnitt darunter ist im Vergleich zu dem anderen ein Witz, aber Dante macht keine halben Sachen, weswegen er offenbar darauf bestanden hat, dass auch dieser Kratzer professionell behandelt wird.

»Blanket sah furchtbar aus. Nur Haut, Knochen und verfilztes Fell. Als er sie aus dem Trailer ließ, war da nur Weiß in ihren Augen. Keiner von uns hat eine Ahnung davon, was ihr zugestoßen ist oder wo sie herkommt, aber es war deutlich erkennbar, dass sie misshandelt worden war. Wir konnten sie nicht anfassen. Sie hat getreten, gebissen oder ist geflüchtet, und irgendwann kamen wir an den Punkt, an dem ich meine Emotionen ausschalten und Dante mit der Wahrheit konfrontieren musste. Diese Stute hatte genau zwei Möglichkeiten: Entweder, wir würden sie dazu zwingen müssen, uns zu vertrauen, oder wir erlösen sie.«

Ein freudloses Lachen kommt über ihre Lippen, während mir die Haare zu Berge stehen, als ich versuche, mir vorzustellen, wie das Pferd, auf dem ich am Vortag saß, ausgesehen haben muss.

»Du kannst dir wahrscheinlich denken, dass Dante nicht begeistert war. Er hat sogar gedroht, mich rauszuschmeißen.«

»Was habt ihr getan?«, frage ich leise und erwidere Amandas Blick, nachdem sie an meinem rechten Arm lediglich ein Pflaster angebracht hat.

»*Wir* haben gar nichts getan. Dante hat sich wochenlang zu Blanket in die Box gesetzt. Tag ein, Tag aus war er bei ihr. Er machte nichts anderes mehr, und obwohl ich ein paarmal kurz davor war, ihn mit eigenen Händen aus dem Stall zu schleifen, weil sie ihn getreten und gebissen hat, ließ er nicht locker. Er hat sie nicht bedrängt. Hat nicht versucht, sie zu berühren oder auch nur mit ihr zu sprechen. Er saß einfach da und wartete ab. Jedes Mal, wenn ein Poltern aus der Box kam, haben sich mir die Nackenhaare aufgestellt, weil ich wusste, das Blanket mal wieder zugetreten hatte. Tiere können unberechenbar sein, erst recht, wenn sie panisch und traumatisiert sind. Aber obwohl Dante es nicht immer geschafft hat, ihr auszuweichen, blieb er seelenruhig. Er hat nicht mal geflucht. Nichts! Er setzte sich wieder hin und wartete, bis ich ihn abends aus der Box kommandierte, um mir den Schaden anzusehen, den Blanket angerichtet hatte.«

»Wie schlimm war es?«, will ich wissen und bereue es augenblicklich, da ich es eigentlich *nicht* wissen will. Blanket ist riesig. Ich kann mir vermutlich nicht mal ansatzweise vorstellen, welche Kraft sie hat und wozu sie fähig ist.

»Frag nicht. Die gebrochenen Rippen waren das Harmloseste. Danach trug er immerhin eine Schutzweste, weil ich ihm klargemacht habe, dass ich bei inneren Blutungen nichts tun kann, wenn er stundenlang damit rumsitzt, ohne es zu merken. Er kann so schrecklich dickköpfig sein ...« Kopfschüttelnd steht sie auf, um die alten Verbände zusammenzusuchen und wegzuschmeißen.

»Also weißt du von ...«

»Der Analgesie? Ja. Es ist wahnsinnig faszinierend und extrem selten. Aber auch scheiße furchteinflößend. Manchmal habe ich mich gefragt, wie er überhaupt noch stehen konnte, nachdem er aus purer Sturheit und Arroganz Risiken eingegangen ist und beinah mit seinem Leben dafür bezahlt hat.« Sie schüttelt sich leicht, als würde ihr ein Schauder über den Rücken laufen. »Aber er steht immer wieder auf. Als würde er dem Tod davonlaufen, ihn austricksen und ihm dabei den Mittelfinger zeigen.«

Oder ihn mit anderen Toten dafür bezahlen, dass er weiterleben darf, schießt es mir durch den Kopf, woraufhin ich diejenige bin, der es kalt den Rücken runterläuft.

»Seine Geduld zahlte sich aus. Blanket hat irgendwann begriffen, dass sie ihn nicht loswird, und angefangen, ihm zu vertrauen. Und das alles ohne einen einzigen Schlag. Ohne Zwang, eine harte Hand oder auch nur ein lautes Wort.«

Amanda schließt ihren Koffer und wendet sich mir zu, um mir geradeheraus in die Augen zu sehen. »Ich weiß also, wie er tickt. Er würde dir nie etwas tun, Winter.«

Es ist seltsam, diesen Namen aus ihrem Mund zu hören,

doch zugleich bin ich dankbar dafür, dass sie ihn benutzt. Aber das ist es nicht, was mich schwer schlucken lässt.

»Wieso bist du dir da so sicher?«, frage ich, denn obwohl ich nicht an dem zweifle, was sie sagt, wundert es mich, dass sie ebenfalls so denkt.

»Weil er dich genauso ansieht, wie er damals Blanket angesehen hat. Er würde sich eher selbst umbringen, als dir zu schaden.«

Wir schauen uns schweigend an, während ich verarbeite, was sie mir erzählt hat. Während ich mir vorstelle, wie verbissen Dante dafür gekämpft hat, dass Blanket weiterleben kann, ohne ihr dabei Gewalt antun zu müssen. Es ist kaum zu glauben, dass die schwarze Stute, die eine so freundliche, gutmütige Dramaqueen ist, Dante angegriffen hat. Dennoch hat er es geschafft. Er hat sie gerettet, so wie er auch mich gerettet hat, und ich beginne, mich zu fragen, welchen Preis er für meine Rettung bezahlen wird. Denn irgendetwas sagt mir, dass selbst der leiseste und friedlichste Kampf Spuren hinterlassen kann.

»Wer wird dir schaden?«, dröhnt Dantes Stimme plötzlich durch das Badezimmer und lässt Amanda und mich beinah aufspringen.

»Verdammt, Dante!«, bringt sie keuchend hervor und greift sich an die Brust. »Musst du dich immer so anschleichen? Das ist echt ätzend.«

Er wirft ihr ein kurzes, beinah schelmisches Grinsen zu, bevor er zu mir sieht und sein Blick sich verhärtet. »Geht es dir gut?«, will er mit ernster Stimme wissen und bringt mich damit ein wenig aus dem Konzept.

Dennoch nicke ich. »Ja. Alles in Ordnung.«

»Ich lasse euch dann mal allein«, verkündet Amanda und nimmt ihren Koffer vom Waschtisch.

»Danke«, rufe ich ihr nach, und als sie über ihre Schulter hinweg zu mir sieht, bin ich mir sicher, dass sie versteht, dass ich nicht nur von der Versorgung meiner Schnittwunden spreche.

»Jederzeit, Winter.«

Dann verschwindet sie, und Dante und ich sind wieder allein.

Ich spüre seinen Blick auf mir und wende mich ihm zu. Er schaut von dem Verband an meinem Arm zu den Bisswunden an meiner Schulter und den Abdrücken, die seine Finger an meinem Hals hinterlassen haben. Seine Augen werden dabei hart und kalt, und ich drehe mich schnell um, damit er zumindest die Male an meiner Kehle nicht mehr sieht. Die, die er mir zugefügt hat, als er mich beinah erwürgte.

»Wo ist der zweite Verband?«

Ich sehe in den Spiegel und werde sofort von seinem Blick gefesselt. Er steht hinter mir und lehnt sich mit dem Rücken an der Wand an, wobei er die Arme vor der Brust verschränkt hat. Irgendwas sagt mir, dass etwas nicht stimmt. Dass er wütend ist oder etwas vorgefallen sein muss, weil er plötzlich so weit weg zu sein scheint. Als würden Welten zwischen uns liegen. Als würde er sich von mir entfernen, und ich verstehe nicht, wieso ich das glaube.

»Es ist nur ein Kratzer«, antworte ich mit trockenem Mund und senke den Blick, um nach der Bürste zu greifen und die Knoten aus meinen Haaren zu kämmen, die Dantes Finger in der Nacht dort hineingewoben haben.

Er reagiert nicht, aber ich wage es trotzdem nicht, ihn anzusehen. Dass er mit einem Mal so seltsam ist, beunruhigt mich. Er scheint nicht mal das Bedürfnis danach zu haben, mich zu berühren, und das ist wirklich furchteinflößend, da ich bisher immer das Gefühl hatte, er müsse sich regelrecht zusammenreißen, um sich auch nur eine Minute von mir fernzuhalten.

Waren die letzten zwei Tage vielleicht nur eine Illusion? War das, was wir getan haben – was ich ihn habe tun lassen –, alles falsch? Habe ich einen Fehler begangen, als ich mich in meinen Mörder verliebte? Als ich dachte, dass man selbst ein Monster lieben kann?

»Ich würde mir gern die Haare färben«, sage ich zusammenhanglos, weil ich mich irgendwie von diesen Gedanken ablenken muss, die mir Angst machen und vermutlich völliger Schwachsinn sind.

Als Dante nichts erwidert, sehe ich durch den Spiegel zu ihm. Sein Blick ist noch immer hart, aber er runzelt leicht die Stirn, als würde er über etwas nachdenken oder wäre verwundert über meinen Wunsch.

»Ich hasse das Blond«, gebe ich daher leise zu, wobei ich nicht wegsehe. »Victor wollte es so.«

Dantes Kiefer verkrampfen sich. Auch seine Hände ballen sich an seinem Körper zu Fäusten, so dass die Knöchel weiß hervortreten, bis die Härte endlich aus seinen Augen verschwindet und purer Schmerz in sie tritt.

»Sag mir, welche Farbe, und ich schicke Amanda los, um sie zu besorgen«, antwortet er mit rauer Stimme. »Ich kann auch jemanden kommen lassen, wenn du möchtest.«

Ich schüttle den Kopf. »Nein. Das kriege ich allein hin«, beruhige ich ihn. »Falls nicht, wird Amanda mir bestimmt helfen.«

Er nickt stumm, bleibt aber weiterhin stehen, so dass ich unsinnigerweise beginne, ihn zu vermissen.

Ich lege die Bürste auf den Waschtisch und drehe mich zu ihm um. »Was ist los?«

»Nichts«, antwortet er, bevor er seufzend Luft holt, seine

Arme voneinander löst und endlich zu mir kommt. »Vermutlich brauche ich auch etwas mehr Zeit, um das hier richtig zu machen«, murmelt er und legt seine Hand an meine Wange, um den Daumen gegen meine Unterlippe zu pressen.

Wie ferngesteuert öffne ich den Mund, woraufhin sein Finger hineingleitet und ich ihn mit der Zunge umspiele.

Ich weiß, dass wir beide unbedingt voneinander ablassen sollten; zumindest für ein paar Stunden. Aber es fühlt sich beinah so an, als würde mein Körper all das nachholen wollen, was ich nicht habe erleben können. Zumindest nicht so, wie ich es gern gewollt hätte.

Dante zieht seinen Finger aus meinem Mund und lässt die Hand sinken. »Welche Farbe?«

Ich will einen Schritt auf ihn zu machen, aber mein Körper schreit neben all dem Verlangen auch nach Ruhe, also bleibe ich stehen, obwohl sich alles in mir nach Dante und seinen Berührungen verzehrt. »Dunkelbraun.«

ZWANZIG
DANTE

Gutes verschwindet. Immer. Egal, wie sehr man versucht, es festzuhalten – irgendwann verschwindet es. Es wird einem entrissen, läuft davon, löst sich in Nichts auf oder stirbt. Es ist bei allem und jedem so, und am Ende sterben wir selbst und beenden damit alles Gute, was wir jemals hatten.

Ich habe mich nie an das Gute geklammert. Nicht, nachdem mein Vater meine Seele gebrochen hat, indem er die Pferde vor meinen Augen bis in den Tod quälte. Jedes Mal, wenn ich ihm dabei zusehen musste, ist etwas in mir gestorben, bis selbst der letzte schöne Splitter, den ich noch in mir getragen habe, zu Staub zerfallen ist.

Doch dieser Verlust hat mir auch etwas geschenkt. Er hat mich von der Angst befreit, etwas zu verlieren, und so habe ich nie fürchten müssen, dass das Gute aus meinem Leben verschwindet. Es war schließlich nichts mehr davon übrig, das man mir hätte nehmen können.

Jetzt ist das anders.

Winter ist nicht nur gut; sie ist das Beste, was mir hätte

widerfahren können. Und obwohl ein wahnwitziger, naiver Teil von mir gehofft hat, ich könnte sie behalten, weiß ich tief in mir, dass es mir nicht erlaubt sein wird, in ihr so etwas wie mein Glück zu finden. Weil alles Gute endet. Und so werden auch wir enden.

Es war nur eine kurze Nachricht. Ein einziger Satz. Drei Worte, die mir klarmachten, dass unsere Zeit abgelaufen ist.

Sie blinkte auf meinem Computerbildschirm, als ich ins Büro ging, während Amanda sich um Winter kümmerte. Bedrohlich und zugleich verspottend leuchtete das kleine Symbol in der oberen Taskleiste auf, um mir mitzuteilen, dass mich jemand kontaktieren wollte. Es war das Symbol für einen neuen Auftrag. Das Symbol für den Tod. Und zum ersten Mal in meinem Leben zögerte ich.

Ich wollte diese Nachricht nicht öffnen. Wollte nicht wieder losziehen, um jemanden zu ermorden, weil da endlich etwas wirklich Gutes in meinem Leben ist und ich hierbleiben will. Weil ich die letzten Tage mit Winter nicht zerstören will, indem ich in dem Blut eines Menschen bade, nur weil ein anderer ihn tot sehen will. Es ist mir zuwider, und wenn ich auch nur ein bisschen mehr bei Verstand wäre, würde ich merken, dass das ein Problem ist. Dass Winter etwas mit mir gemacht hat. Sie lässt mich weich werden und schafft es, dass ich ebenfalls gut sein will, damit ich sie verdiene. Dass ich gut genug für sie bin, auch wenn ich das niemals sein könnte.

Doch die Nachricht zerstörte alles. Jede Hoffnung auf Glück und eine Zukunft und das Gute.

Wo ist sie?

Ich habe den Job nicht beendet. Der Auftraggeber verlangte, dass ich Winter in diesem Zimmer, das ihre persönliche Hölle war, erschießen soll. Aber ohne Leiche gibt es keinen Mord, und er weiß das. Er *weiß*, dass sie noch lebt. Und das macht sie zur Beute.

Er wird sie jagen. Wird versuchen, sie zu finden, um zu beenden, was ich nicht mal anfangen konnte. Er wird nicht ruhen, bis sie tot ist, und mir wird klar, dass ich handeln muss.

Winter kann nicht hierbleiben. Das kann ich ihr nicht antun. Ja, sie wäre sicher auf der Farm. Niemand wird je rausfinden, wer und wo ich bin. Keiner kennt mein Gesicht oder meinen Namen, so dass ich mich wie ein normaler, gesetzestreuer, nicht-mordender Bürger draußen bewegen kann.

Doch Winter kann das nicht.

Ihre Eltern und die Medien haben sie zu *America's Missing Princess* gemacht und eine Farce erschaffen, die mein Blut kochen lässt. Da sie alle dreißig Minuten auf sämtlichen Nachrichtensendern ein Bild von Winter zeigen, wird sie diese Farm nie verlassen können. Sie wird eine Gefangene sein, wenn sie hierbleibt, deshalb muss sie … *verschwinden*.

Ich muss sie gehen lassen. Muss sie wegbringen, weil sie hier niemals frei sein kann. Weil sie eine Gejagte ist, deren Gesicht jeder kennt. Sie zum Viehmarkt mitzunehmen war bereits ein solches Risiko, dass ich mich frage, was mich da geritten hat, doch glücklicherweise schien sie dort niemand bemerkt oder erkannt zu haben. Aber so was wird sich nicht wiederholen. Es *darf* sich nicht wiederholen, weil ich dann mit der ständigen Angst leben muss, dass jemand in ihr die Tochter des Senatorenkandidaten erkennt, die vom ganzen Land vermisst wird, als wäre sie eine Heilige.

Es ist makaber. Diese Menschen haben sich nie um sie geschert. Sie haben sie gehasst, und ich würde meine Hand dafür ins Feuer legen, dass der Medienrummel nur ein Mittel zum Zweck ist, da ich einfach nicht glauben kann, dass sich jemand wie Feline um ihre Tochter sorgt, nachdem sie zugelassen hat, dass sie jahrelang vergewaltigt wurde. Trotzdem stellen sie sich vor die Kameras und verdrücken Krokodilstränen.

Es ist zum Kotzen.

Wie im Wahn habe ich darüber nachgedacht, was ich tun soll. Winter wäre nicht die erste Person, die ich auf diese Art verschwinden lasse. Ein neuer Pass. Ein gecharterter Privatjet, der sie ans andere Ende der Welt fliegt. Eine Nadel in den Hals und neue Erinnerungen. Es wäre ganz einfach. Es *war* bisher immer ganz einfach. Ich habe es beinah gern getan, weil ich die Unschuldigen so retten konnte.

Aber mit Winter ist es das nicht.

Es ist das Schwerste, was ich jemals tun musste, weil ich doch die Welt für sie in Schutt und Asche legen würde. Aber es gibt keinen anderen Ausweg. Da ist nicht nur die Bedrohung durch den Auftraggeber. Ich habe so viele Feinde … Wenn sie erfahren, dass es jemanden gibt, der mir wichtiger ist als mein Leben, werden sie dieses Wissen nutzen. Sie werden sie ebenfalls jagen, um sich an mir für die Tode zu rächen. Für die Väter, Brüder und Söhne. Für die Ehefrauen und Liebhaberinnen. Jeder Mord, den ich begangen habe, ist ein Nagel in Winters Sarg, deswegen muss ich sie gehen lassen.

Und mit dem Wunsch, ihre Haarfarbe zu ändern, hat sie es selbst besiegelt.

Bis zu dem Moment, in dem sie die Worte ausgesprochen hat, suchte ich nach einer Lösung. Ich hielt mich daran fest, dass sie zu leicht zu erkennen wäre. Mit ihren riesigen Puppenaugen und den langen, platinblonden Haaren würde sie überall auffallen, und ich bin nicht so dumm, um zu glauben, dass ihre Geschichte es nicht bis in die entlegensten Orte der Welt geschafft hat. Sie wird dort nicht in dieser Häufigkeit auf den Bildschirmen zu sehen sein – die Leute werden nicht tagtäglich daran erinnert werden, dass Feline und Samuel Symons ihre Tochter zurück haben wollen –, aber es gibt immer ein paar Aufmerksame. Irgendjemand, der ein fotografisches Gedächtnis hat oder denkt, er würde seinem Leben einen Gefallen tun, wenn er die verschollene Tochter zurückbringt, könnte sie erkennen. Und an diesen Strohhalm habe ich mich bis eben noch klammern können.

Aber wenn sie ihr Aussehen verändert, ist sie nicht mehr November Symons. Zumindest nicht auf den ersten Blick. Sie ist dann nur noch eine junge Frau, die den Menschen vielleicht auf seltsame Weise bekannt erscheint, aber sie werden nicht darauf kommen, dass ihre Haarfarbe verändert wurde. Sie werden sie nicht erkennen, und die Panik, die in mir aufsteigt, weil es nun keinen Ausweg mehr gibt, vertreibt sogar meinen erneuten Zorn auf Victor, weil er ihr dieses Aussehen aufgezwungen hat.

»Ich rufe Amanda an, damit sie gleich losfährt«, erkläre ich und ziehe mein Handy aus der Hosentasche.

Während des kurzen Gesprächs versuche ich, mir alles von Winter einzuprägen. Jede Kleinigkeit. Jeden Atemzug. Jedes Blinzeln. Jedes Zucken ihrer Finger und jede Bewegung ihrer wolkenblauen Iriden, als sie ihren Blick über mich gleiten lässt. Ich präge mir alles ganz genau ein; brenne ihren Anblick in meine Netzhaut ein, weil das die letzten Stunden sein werden, die mir dafür noch bleiben.

Es wird heute Nacht passieren. Je schneller ich sie wegbringe, desto besser. Mit jeder Minute, die sie länger bei mir ist, läuft ihre Zeit ab, während ich verzweifelt versuche, eine Lösung zu finden, die es nicht gibt. Es gibt keinen Weg, bei dem sie neben mir hergehen wird.

Ich verliere meine Königin, mein Winter Baby. Und *fuck* … tut das weh. Es reißt mir das Herz bei lebendigem Leib raus, und für einen Moment denke ich wirklich darüber nach, einfach alles niederzubrennen. Ich denke darüber nach, alle sieben Milliarden Seelen auf diesem Planeten auszulöschen, damit ich diese eine Seele nicht verliere. Damit ich Winter behalten kann und die Chance auf etwas Gutes habe.

Aber es geht nicht. Nicht einmal ich kann jeden Menschen töten, der auf Gottes Erde wandelt, daher habe ich keine andere Wahl, als sie wegzuschicken. Ich muss sie loslassen und ihr ein neues Leben schenken. Ein Leben, von dem ich kein Teil sein werde, weil man nicht Hand in Hand mit dem Tod existieren kann. Weil er einen irgendwann holt und dann nichts mehr von einem übrig bleibt.

»Mach einen der Pässe fertig und bereite das Mittel vor.«

Ich kann hören, wie Robin am anderen Ende der Leitung überrascht Luft holt. Im Hintergrund sind die typischen Geräusche der Tiere zu hören, da er im Stall ist, während ich den Flug buche. Den Flug, der Winter von mir wegbringen wird.

»Hast du gehört, was ich gesagt habe?«, frage ich ungeduldig, weil Robin noch immer schweigt.

Endlich räuspert er sich, bevor er antwortet. »Ist das dein Ernst?«

Ich schließe die Augen und lehne mich auf dem Stuhl zurück. »Sie wiegt um die fünfzig Kilo. Der Flieger hebt in vier Stunden ab«, sage ich nur, weil ich es jetzt nicht gebrauchen kann, dass er versucht, mir das auszureden.

»Dante …«

»Mach es einfach, verdammt!«

Robins Atem ist eine Zeit lang das Einzige, was von ihm zu hören ist, bis er mit den folgenden Worten alles nur noch schlimmer macht. »Ich bin dein Freund, Dante«, erklärt er leise und eindringlich. »Und als dein Freund sage ich dir, dass du es bereuen wirst.«

Ich erlaube mir nicht, auch nur einen Funken Emotion zuzulassen. Das hier kann ich nicht tun, wenn ich etwas empfinde, und so ist meine Stimme tonlos, als ich ausspreche, was die nackte Wahrheit ist. »Was ich dabei fühle, ist vollkommen egal. Sie muss verschwinden.«

Dann lege ich auf und schleudere das Handy gegen das kugelsichere Fenster. Als es mit zersplittertem Display auf den dunklen Marmorplatten aufschlägt, ist es, als wäre es mein Herz, das da kaputt auf dem Boden liegt.

EINUNDZWANZIG
DANTE

Die Stimmung zwischen Robin und mir ist drückend. Ich kann in seinem Gesicht lesen, dass er nicht gutheißt, was ich vorhabe, doch er ist nicht derjenige, der das Sagen hat. Wir mögen beste Freunde sein, aber am Ende bin ich es, der die Entscheidungen trifft. Und daran wird sich auch jetzt nichts ändern.

»Du mach–«

»Halt den Mund«, blaffe ich, während ich die Ausweispapiere noch mal überprüfe und sie anschließend auf den Umschlag mit dem Bargeld für den Piloten werfe. Darunter liegt eine computerbeschriebene Seite mit Winters neuem Leben.

Widerwillig reicht Robin mir die Spritze mit einer Mischung aus Gamma-Amino-Buttersäure, die auch als K.O.-Tropfen bekannt ist, Propranolol und einer Handvoll anderer Wirkstoffe. Der Medikamentencocktail, den Robin auf Winters Gewicht abgestimmt hat, ist ein Nebenprodukt der Trauma-forschung und sollte eigentlich gar nicht existieren, da er dazu

217

in der Lage ist, das Gedächtnis eines Menschen auszuradieren. Ich bin durch Zufall darauf gestoßen, als ich mich über die am Aktienmarkt gelisteten Pharmaunternehmen informiert habe, und nutze ihn seitdem, um den Unschuldigen zu einem neuen Leben zu verhelfen.

Jetzt werde ich ihn verwenden, um Winter vergessen zu lassen, wer sie ist. Sie wird sich an nichts mehr erinnern. Nicht an den Hass ihrer Eltern. Nicht an das, was Victor ihr angetan hat. Nicht an mich. Sie wird nicht mal mehr ihren eigenen Namen wissen, geschweige denn den, den ich ihr gegeben habe. Sie wird aufwachen und in ein schwarzes Loch blicken, das ich mithilfe der Zeilen auf dem Brief mit Informationen füllen werde.

Es sind lose, frei bewegliche Fäden, die ich spinne, wenn ich eine neue Identität erschaffe. Dabei geht es nicht um Kreativität, sondern darum, es der Person so einfach wie möglich zu machen, sich in diesem neuen Leben einzufinden. Ich versuche, herauszufinden, was für Hobbys sie hat; ob es etwas gibt, worin sie besonders begabt ist, oder ob sie etwas überhaupt nicht beherrscht.

Georgina war in ihrem früheren Leben Schneiderin, also nahm ich diese Information, verpackte sie neu und schubste sie damit in die richtige Richtung, so dass sie auch jetzt wieder in einer Schneiderei arbeitet. Sie erinnert sich nicht daran, wieso sie all das beherrscht, aber es geht ihr dennoch leicht von der Hand, und das hat es für sie einfacher gemacht, ihr neues Leben darum aufzubauen.

Bei Winter ist es mir zum ersten Mal schwergefallen, diese Zukunft zu spinnen. Nicht, weil ich nichts von ihr weiß, sondern weil sie keine Vergangenheit hat. Es gibt nichts, das sie gern getan hat. Keine Passion, der sie nachgegangen ist, oder einen Beruf, den sie ausgeübt hat. Sie war ein Niemand, der nichts hatte, weil ihr Leben ihr keine Möglichkeit dazu gegeben hat, jemand zu werden. Also musste ich mir überlegen, was sie lieben könnte. Welche Dinge ihr Freude bereiten und worin sie aufgehen könnte.

Ich habe keine Ahnung, ob ich die richtige Wahl getroffen habe. Und eine Stimme sagt mir, dass ich es nie herausfinden werde, da ich in diesem Fall Robin darauf ansetze, sicherzustellen, dass es ihr auch zukünftig gut geht. Bei allen anderen übernehme ich das selbst. Ich checke ihre Konten, logge mich in ihre Postfächer ein und höre manchmal ihre Telefonate ab, damit ich weiß, dass es ihnen an nichts fehlt. Sie sollen glücklich sein, auch wenn sie nicht mehr wissen, wer sie einst waren. Zuletzt geht es auch darum, herauszufinden, ob die Auftraggeber sie gefunden haben oder die Zielpersonen sich womöglich doch noch an etwas erinnern. Bisher ist weder das eine noch das andere jemals eingetreten, und so wird es auch bei Winter sein.

Sie wird verschwinden und als Annette Johnson in Irland aufwachen, da ich nicht weiß, ob sie eine Fremdsprache wie Spanisch, Deutsch oder Russisch beherrscht. Mit etwas Glück wird auch ihr Körper das Trauma vergessen, das ihn hier in Ketten legt, und sie kann neu anfangen. Ohne all die schlechten Erinnerungen. Ohne das Leid und die Qualen. Und ohne mich.

Ich will sie nur noch einmal spüren. Will ein allerletztes Mal ihren Körper an meinem haben und sie schmecken. Ihr Blut fließen lassen und meinen Namen aus ihrem Mund hören. Ich will ihr Stöhnen mit meinen Lippen zum Verstummen bringen und in diesen wolkenblauen Augen versinken, bevor ich sie für immer verliere. Denn es wird kein Zurück geben. Sie wird sich nicht an mich erinnern, und sobald sie zu Annette geworden ist, habe ich keine Chance mehr bei ihr, weil sich niemand einem Mörder nähert oder ihn gar liebt.

»Winter Baby?« Ich bleibe vor der geschlossenen Badezimmertür stehen. Dahinter erklingt … *Gelächter.* Ausgelassenes, sorgloses, freies Gelächter.

Amanda und Winter kichern, während sie leise miteinander reden, und der Klang führt dazu, dass ich mich und das Schicksal noch ein bisschen mehr hasse. Ihr Lachen ist so wundervoll … So rein und voller Glück. Und ich werde es nie wieder hören.

Meine Stirn sinkt lautlos gegen das Türblatt, während sich meine Augen schließen und ich Winters Lachen bis in den letzten Winkel meines Seins dringen lasse. Ich verschließe es in mir, damit ich es nie vergesse, und weiß zugleich, dass es mich in meinen Albträumen verfolgen wird. Winter wird mich darin heimsuchen – Nacht für Nacht –, und ich rechne schon jetzt damit, dass ich dann endgültig verrückt werde.

Amanda und sie hätten sich angefreundet. Sie wären vermutlich beste Freundinnen geworden und mir damit auf die Nerven gegangen, aber sobald sie kichernd und tuschelnd davongegangen wären, hätte ich ihnen nachgesehen und wäre vor Glück übergelaufen. Weil es das ist, was Winter verdient. Eine Freundin. Ein schönes Leben.

Sie hätte es hier auf der Farm haben können; mit all den Tieren und Amanda und Robin, der zwar mein Freund, aber nicht annähernd so skrupellos ist wie ich. Sie hätte hier eine Aufgabe gefunden und endlich etwas Gutes gehabt. Wenn es mich und den Auftraggeber nicht gäbe.

Ich und ihre Vergangenheit stehen ihrem Glück hier im Weg, darum muss ich es endlich tun. Ich muss sie *jetzt* noch einmal spüren; muss jede Minute dieser letzten Stunden auskosten, solange ich noch kann, auch wenn ich mich damit selbst foltere.

Ich hebe den Kopf und klopfe an die Tür. »Winter.«

Die beiden quieken erschrocken auf, und ein trauriges Lächeln legt sich auf mein Gesicht.

Sie wären *so was von* beste Freundinnen geworden.

Und ich bin derjenige, der diese Freundschaft im Keim erstickt.

»Komm nicht rein!«, ruft Winter durch die Tür und erreicht damit nur, dass ich sie erst recht öffne.

»Dante!«

»Das ist immer noch mein Badezimmer, das ihr da –« Ich stocke, als ich mich umsehe. »Was zum Teufel ist hier passiert?«

Amanda reagiert schneller als Winter und wendet mir den Rücken zu, um geschäftig die Fliesen unter dem Spiegel zu schrubben.

»*Winter Baby*«, sage ich grollend.

Kniend hockt sie auf dem Boden, hält ein fleckiges Handtuch in der Hand und sieht aus ihren Kulleraugen zu mir auf, als wäre ich Himmel und Hölle in einer Person.

Ich versinke in ihren Iriden, so dass ich die nun dunklen Haare nicht gleich wahrnehme. Sie umrahmen ihr Gesicht, fallen glatt über ihre Schultern und streifen ihren Hintern, weil sie den Kopf in den Nacken legt. Sie sind nicht einfach nur braun, sondern rotbraun. Im Licht der Deckenspots leuchten sie beinah in einem kräftigen Rot.

Mit den dunklen Haaren ist sie noch tausendmal schöner

als zuvor, und ich muss die Fäuste ballen, um sie nicht auf den Waschtisch zu heben und direkt vor Amanda zu ficken.

»Ähm …« Winter leckt sich nervös über die Lippen, was meinen Schwanz stahlhart werden lässt.

»Es gab einen kleinen … Unfall«, beginnt sie dann, woraufhin Amanda ein erneutes Kichern unterdrückt und Winter ihr einen fast schon bösen Blick zuwirft.

»Und was für eine Art von Unfall war das?«

»Amanda kann das besser erklären, glaube ich.«

Ich zwinge mich dazu, meinen Blick von Winter zu lösen und meine Tierärztin anzusehen, die mir über die Jahre mehr ans Herz gewachsen ist, als ich je einer Menschenseele gegenüber zugeben würde. »Ich höre.«

»Du bist so ein Miststück«, bringt Amanda mit einem Lachen hervor und dreht sich um, wobei sie das Handtuch, mit dem sie eben noch die Wand abgewischt hat, freundschaftlich gegen Winters Schulter klatschen lässt.

Winter duckt sich leicht, kann ihr Lachen aber ebenfalls nicht verbergen.

Mit hochgezogener Augenbraue sehe ich Amanda an, die ergeben die Arme hebt und ihre Augen verdreht.

»Wir haben die zweite Flasche nicht ganz leer gemacht. Normalerweise braucht man bei so langen Haaren zwei, aber eineinhalb haben gereicht«, sagt sie, während sich meine Stirn runzelt.

Was zum Teufel redet sie da?

»Die Sache bei oxidativen Haarfarben ist die: Wenn man sie einmal angemischt hat, muss man sie auch verbrauchen. Lässt man sie zu lange herumstehen, bilden sich Gase in –«

»*Amanda* …«, unterbreche ich sie mit einem Grollen in der Stimme, weil meine Geduld am Ende ist. Jedes ihrer Worte hält mich davon ab, Winter noch mal zu spüren. »Du erklärst mir jetzt in einem einfachen Satz, wieso es aussieht, als wäre hier jemand gestorben.«

Während Winter nach Luft schnappt, verdreht Amanda erneut die Augen, weil sie sich von mir schon lange nicht mehr einschüchtern lässt. Genau wie Robin weiß sie, dass es leere Drohungen wären, die ich ihr gern an den Kopf werfen würde.

»Die Flasche ist geplatzt.«

Ich starre sie einen Moment an, bevor ich mich noch einmal im Bad umsehe. Die Farbe ist *überall*. Auf den Fliesen. Auf dem Boden. Auch die Toilette und die gläserne Duschwand haben etwas abbekommen. Alle Handtücher, die gefaltet in der Ablage liegen, sind reif für die Tonne. Ich habe keine Ahnung, wie so was möglich ist, da die leere Flasche, die aus dem Mülleimer ragt, nicht mal meine ganze Hand füllen würde, doch das leise Glucksen von Amanda und Winter lenkt meine Aufmerksamkeit wieder auf die beiden.

»Ihr habt mein Badezimmer ruiniert«, stelle ich tonlos fest.

Amanda prustet los, wobei sie die Hand hebt und mit dem Zeigefinger eine verneinende Geste macht. »Es ist nicht *ruiniert*«, widerspricht sie japsend. »Nur etwas … gesprenkelt.«

Ich hole tief Luft und neige den Kopf, was meinen Nacken hörbar knacken lässt. »Irgendjemand wird dafür bezahlen«, entscheide ich leise, woraufhin Amanda kichernd flucht.

Als mein Blick auf Winter landet, scheint sie den Ausdruck in meinen Augen sofort richtig zu deuten, denn ihre eigenen blitzen auf.

Amanda wirft das Handtuch in den Mülleimer und macht sich ganz klein, als sie sich an mir vorbeischiebt. »Sorry, Winter. Da bin ich raus.«

Und weg ist sie.

Sie war schon immer klug; deswegen habe ich sie eingestellt.

»Also, Baby …« Ich gehe einen Schritt auf Winter zu, die noch immer auf dem Boden kniet. »Was mache ich jetzt mit dir?«

Meine Hand greift in ihr Haar. Die Strähnen sind von der ganzen Chemie, die die beiden Frauen zweifellos darin verteilt haben, so weich, dass ich sie kaum zu fassen bekomme, also drehe ich mein Handgelenk, bis das satte Rotbraun sich um meine Faust wickelt.

Winter wimmert leise, als ich ihren Kopf etwas nach hinten neige und mit dem Daumen der anderen Hand über ihre Unterlippe fahre. Da sind winzige Spuren meiner Zähne, und ich beschließe, dass ich es so enden lasse, wie es begonnen hat: mit dem Blut ihrer Lippen, das meine Zunge benetzt.

Als ich sie weiterhin wort- und reglos anstarrte, weil ich von ihrem Anblick gefesselt bin, lässt Winter das Handtuch los und greift an meine Gürtelschnalle, um sie zu lösen. Dabei öffnet sie ihren Mund und leckt mit der Zungenspitze an meinem Daumen entlang, um ihn zwischen ihre Lippen zu führen und daran zu saugen.

Als ich begreife, was sie vorhat, neige ich ihren Kopf gewaltsam weiter nach hinten und entziehe ihr meinen Finger, um nach ihren Handgelenken zu greifen und sie beide zu umfassen, damit sie aufhört, mich auszuziehen.

»Nicht so, Baby«, murmle ich beinah verzweifelt. »Du wirst nicht vor mir auf dem Boden knien.«

Winter schluckt schwer, und ich sehe das Glänzen von Tränen in ihren Augen. Erst denke ich, dass meine Zurückweisung sie gekränkt haben könnte, doch dann erkenne ich, dass es Dankbarkeit ist.

Sie musste es immer auf diese Art tun. Unterwürfig. Herabgewürdigt. Gedemütigt.

»Niemals so«, sage ich und lasse sie los, um sie an den Hüften zu packen und auf den Waschtisch zu heben. Dann umgreife ich ihr Genick und neige ihren Kopf erneut nach hinten. »Weinst du etwa, Baby?«

Sie deutet ein Kopfschütteln an.

»Du weißt doch, dass ich deine Tränen nicht ertrage.«

Winter schließt die Augen, und wie ich es erwartet habe, läuft eine der Tränen über und kullert ihre Wange hinab. Mit einem Grollen nähere ich mich ihr, um meine Zunge über die feuchte Spur gleiten zu lassen, die nach Salz, Winter und Glück schmeckt.

»Weißt du, was das Schlimmste an deinen Tränen ist, Winter Baby?«

Ich streiche mit der Nase an ihrer Kieferlinie entlang, um meine Lippen an ihr Ohr zu bringen. Dabei lege ich meine andere Hand um ihre Kehle und drücke leicht zu, während ich mein Becken gegen sie presse.

»Sie sind noch süßer als dein Blut.«

Winter keucht auf, als ich meine Zähne in der zarten Haut unter ihrem Ohr versenke. Ich spüre genau, wie ich sie durchdringe, und der erste Tropfen lässt mich aufstöhnen, während Winters Puls an meiner Handfläche flattert.

Mich von ihrem Hals lösend lasse ich ihre Kehle los und hole das Balisong aus meiner Hosentasche, um es mit einer raschen Bewegung meines Handgelenks zu öffnen. Es geschieht so schnell und lautlos, dass Winter gar keine Chance hat, es zu merken, weswegen sie aufkeucht, als ich die Klinge des Butterflys unter ihr Shirt schiebe und den Stoff mit einer ruckartigen Bewegung zerschneide.

Sofort recken sich mir ihre Brüste entgegen, während sich

ihr Atem beschleunigt. Erst jetzt scheint sie das Messer zu sehen, an dessen Klinge sich das Licht spiegelt und auf ihre Wangen zurückgeworfen wird.

»Wirst du noch mal für mich bluten, Winter?«, frage ich heiser und merke nicht gleich, dass meine Worte verraten könnten, was ich vorhabe.

Doch Winter scheint so in ihrem Verlangen zu versinken, dass sie es nicht realisiert. Die Lust vernebelt ihr das Hirn und lässt sie nicken, so dass ich aufatme und die Tränen zurückhalte, die mir plötzlich in die Augen treten wollen.

»Ein letztes Mal noch, Baby …« Mit diesen Worten drehe ich das Messer und lasse die scharfe Klinge über ihr Brustbein gleiten.

Winter atmet bebend aus und folgt meinem Blick, der an dem Blutstropfen haftet, der langsam zwischen ihren Brüsten hinabläuft und auf ihren Bauchnabel zusteuert. Bevor er ihn erreichen kann, beuge ich mich vor, um ihn abzulecken.

Mit ihrem Blut auf der Zunge werfe ich das Messer ins Waschbecken, erhebe mich wieder und lasse meine Lippen auf ihre prallen. Sie erwidert den Kuss augenblicklich, schmeckt ihr eigenes Blut und merkt dabei gar nicht, dass ich ihr die Hose vom Körper reiße, meinen Gürtel und den Reißverschluss öffne und mich an sie presse. Dann lasse ich ihre Kehle los, um die Hand an ihren Hintern zu legen und sie regelrecht auf mich zu schieben.

Mit einem tiefen Knurren gleite ich in sie, und ihre feuchte Wärme ist so wundervoll … So heiß und eng und wundervoll, dass ich beinah aufgeschluchzt hätte.

Dieses letzte Mal wird nicht lange andauern. Es wird schnell und hart und schmutzig, und ich mache mir gar nicht die Mühe, das vor ihr zu verbergen, als ich meine Fingerkuppen in ihr weiches Fleisch bohre.

Winter schreit bei jedem unerbittlichen Stoß leise auf, doch der Klang schafft es nicht weiter als in meinen Mund, weil ich keine Sekunde von ihr ablasse. Dabei ficke ich sie, als würde die Welt jeden Moment untergehen, und als ich merke, wie sie sich um mich herum zusammenzieht, beiße ich ein allerletztes Mal in diese volle Unterlippe, sauge ein allerletztes Mal den kleinen Blutstropfen auf und pumpe ein allerletztes Mal meine Seele in sie.

ZWEIUNDZWANZIG
WINTER

Dante steht vollständig bekleidet in der Tür und lehnt sich am Rahmen an, während sein Blick auf mir ruht. Ich spüle den letzten Rest des Duschgels von meinem Körper, wobei ich mich kaum auf den Beinen halten kann.

Das gerade eben war anders. Es war hasserfüllter. Verzweifelter. Es hat mir Angst gemacht, aber jedes Mal, wenn ich versuche, in Dantes Augen zu lesen, ist da nur dieses kalte, undurchdringliche Beinah-Schwarz, das mich nicht in seine Seele blicken lässt. Als hätte er sich vor mir verschlossen und würde mich aussperren. Als wären wir uns in den letzten Minuten, Stunden und Tagen nicht näher gewesen, als ich es jemals einem anderen Menschen war. Als wäre da nichts zwischen uns. Als wäre *ich* nichts.

Doch ich wage es nicht, ihn ein weiteres Mal zu fragen, was los ist. Zu sehr fürchte ich mich vor der Antwort, weil etwas in mir schreit, dass ich die Zeichen hätte erkennen müssen. Dass ich die Worte hätte verstehen müssen, die er ausgesprochen hat. Dass da etwas in ihnen war, das ich nicht erkannt habe.

Dante stößt sich vom Türrahmen ab und greift nach einem Handtuch, um es mir zu reichen. Ich wickle mich darin ein, bleibe aber unschlüssig in der Dusche stehen. Es fühlt sich an, als würde alles enden, wenn ich jetzt zu ihm gehe. Als wäre jeder Schritt, den ich tue, mein letzter in seiner Nähe, und diesen Gedanken ertrage ich einfach nicht.

»Komm, Baby«, sagt er leise. »Wir gehen ins Bett.«

Seine Hand greift nach meiner, und ich lasse mich wie benommen von ihm ins Schlafzimmer führen.

Wir waren immer nur hier drin, geht es mir durch den Kopf. *Das Haus ist so groß. Ich möchte all die anderen Räume sehen. Zeig sie mir, Dante! Zeig mir die Zimmer, die ich nicht gesehen habe, weil ich hierher gehöre. Ich gehöre doch jetzt zu dir. Ich gehöre dir, Dante, oder nicht?*

Ich weiß nicht, woher diese Gedanken kommen, aber ich habe wohl über die Jahre gelernt, genau zu spüren, in welcher Stimmung mein Gegenüber ist. In der Kindheit, die ich hatte, war es beinah überlebenswichtig, zu wissen, ob der andere einen guten oder schlechten Tag hat. Es hat darüber entschieden, wie schlimm es wurde und was ich tun konnte, um es erträglicher zu machen.

Jetzt spüre ich instinktiv, dass Dante jeden Moment bricht. Da ist etwas an ihm … Es ist schlimmer als Verzweiflung und einnehmender als Sorge. Es dringt ihm förmlich aus jeder Pore, aber ich komme nicht drauf, was es ist.

Er legt sich neben mich und schaut mich an, während ich versuche, in diesen dunklen Iriden zu lesen und zu verstehen, was in ihm vorgeht. Im Augenwinkel sehe ich, wie sich seine Hand hebt, bevor er kaum merklich mit den Fingerknöcheln an meiner Wange entlangstreicht. Tränen steigen in mir auf, und weil ich solche Angst habe, laufen sie einfach über.

»Weißt du, wie tapfer und stark du bist, Winter?«, murmelt Dante und sieht dabei zu, wie die Tränen über mein Gesicht rinnen.

Er sieht einfach nur zu, und das sollte mir endgültig beweisen, dass mit ihm etwas nicht stimmt, doch ich kann mich weder rühren noch sprechen. Die Furcht ist zu einnehmend, und sie wird noch mächtiger, als Dante weiterspricht.

»Du warst das Beste, Baby«, sagt er und klingt mit einem Mal heiser.

Ich kann sehen, wie er schwer schluckt und blinzelt. Einmal, zweimal, dreimal – als würde er Tränen wegblinzeln wollen, aber ich verstehe es nicht. Verstehe nicht, wieso er weinen sollte. *Will* es nicht verstehen.

»Du bist der erste Mensch, der mich wünschen lässt, nicht ich zu sein.«

Mein Kopf hört die Worte, die er ausspricht, aber mein Herz wiederholt etwas anderes. Immer wieder und wieder geht mir durch den Kopf, was er gesagt hat. Ich kann nicht mal mehr ausmachen, wann es war, aber es klingt mir glasklar in den Ohren und wird unerträglich laut.

Das nimmt kein gutes Ende.
Das nimmt kein gutes Ende.
Das nimmt kein gutes Ende.

Ich höre nichts anderes mehr. Nur diese fünf Worte, die sich in einer unerträglichen Endlosschleife abspielen. Dabei möchte ich schreien, weil sie mich an den Rand der Verzweiflung treiben, doch dann spüre ich einen Stich an meinem Hals. Es brennt und schmerzt, fühlt sich dabei aber so anders an als Dante, wenn er mein Blut schmeckt. Es fühlt sich falsch an. Es *ist* falsch. Und Dante …

Dante weint. Er sieht mich an und weint, bevor er sich vorbeugt und seine Lippen kurz, aber zart auf meine legt.

»Es tut mir leid, Winter Baby.«

Das Letzte, was ich sehe, ist die blanke Panik in seinen Augen, und mir wird klar, dass selbst Monster Albträume haben.

Das hier ist Dantes Albtraum. Und er scheint gerade erst zu beginnen.

Made in United States
Orlando, FL
23 November 2024

54350219R00140